KB238812

아무렇지 않은 척 전문가

아무렇지 않은 척 전문가

아무렇지 않은 척 전문가

정예인 지음

행복우물

솔직히 모두 털어놓고 시작합니다. 저는 여행이 좋지만은 않습니다. 긴 이동 시간, 눈 깜짝할 사이에 사라져 버리는 통장 잔액, 어깨를 짓누르는 배낭, 낯선 언어를 담지 못해 어물거리다 터버린 입술, 호스텔의 냄새나는 샤워실과 흔들리는 2층 침대, 어설픈 한식당을 나오면서 아깝게 쓴 돈을 헤아리는 것, 인종차별, 빵으로 때운 점심, 계절이 바뀌어 내가 가진 옷가지로는 막지 못하는 찬바람 등… 인스타그램에 과시하는 제 사진에는 들어가지 않는 부분이 참 많습니다. 이것도 다 경험이지, 라며 아무렇지 않은 척 떠나고 떠났을 뿐입니다.

여행에 매료된 순간이 떠오릅니다. 단점이 장점이 된 일이었습니다.

스페인의 어느 시골 마을, 바다가 보이는 길을 걷고 있었습니다. 해가 유난히 따뜻했던 오후, 하얀 털실로 짠 목도리처럼 복슬복슬한 강아지를 데리고 산책 중이던 할아버지가 제게 인사했습니다. "Hola" 인사에 답하니 할아버지는 느린 스페인어로 말을 이어가셨습니다. 저는 물론 하나도 못 알아들었습니다. 제가 못 알아들었다는 동작을 보이자 할아버지는 같은 말을 반복하며 헤엄치는 흉내를 내셨습니다. 그제야 "날씨가 이렇게 좋은데, 바다 수영은 안 하니?"라는 말이었다는 걸 눈치챘습니다. 저는 팔을 감싸 안고 몸을 부르르 떨었습니다. "추워요. 오늘 수영은 쉴거예요." 한국어로 말했지만, 할아버지는 너털웃음을 지으며 끄덕거렸습니다. 신기했습니다. 신분증 없이 65세 이상 할인을 해달라는 한국 아저씨보다 스페인 할아버지와 더 말이 잘 통하다니요. 우리는 하늘과 바다를 가리키며 한참을 떠들었습니다. 그때 처음 언어 장벽이란 말을 고쳐 써야겠다고 생각했습니다. 언어 차이, 이 정도면 충분한 듯합니다. 어쩌면 여행이 아니라 '다름'에 매료된 것일지도 모르겠습니다. 같은 인간인 줄 알았는데 마치 외계인처럼 느껴지는 다른 존재와 부딪쳐보는 것. 매력적이지 않아요?

생각해 보면 여름 나라 사람은 하늘에서 내린 흰 눈으로 사람 형태를 만들어 본 적이 없습니다. 그걸 눈사람이라 부른다는 걸 전해 들었을 뿐이죠. 누군가가 비지땀을 흘리며 만든 눈사람을 발로 차서 부수는 사람도 있다는 건 더더욱 모릅니다. 겨울 나라에 가기 전까지는 알 수 없겠죠.

멕시코에서는 한쪽만 보조개가 있는 사람이 전생에 천사였다고 믿습니다. 독일에서는 달걀을 상온에서 보관하고요. 슬로베니아의 수도 류블라냐에는 매주 토요일 오후 핑크 교회 계단에, 사랑에 관한 시를 두고 가는 시인이 있습니다. 콜롬비아인들은 식사 자리에서 코를 푸는 걸 재앙이라 부릅니다. 스위스에서 와인을 따를 때 상대방에게 손목 안쪽이 보이면 싸우자는 뜻이랍니다.

참 쓸데없는 이야기죠? 그래도 직접 가보지 않았다면 평생 몰랐을 이야기입니다. 이처럼 제가 직접 보고 겪은 저의 세상을 소개할게요. 대체로 배낭 하나에만 의지한 채 낯선 곳을 탐방할 테지만, 제가 살아온 삶에 대한 기록이기도 합니다.

함께 가볼까요?

다음 장으로 넘기면 우리는 멀리 떠나게 될 거예요.

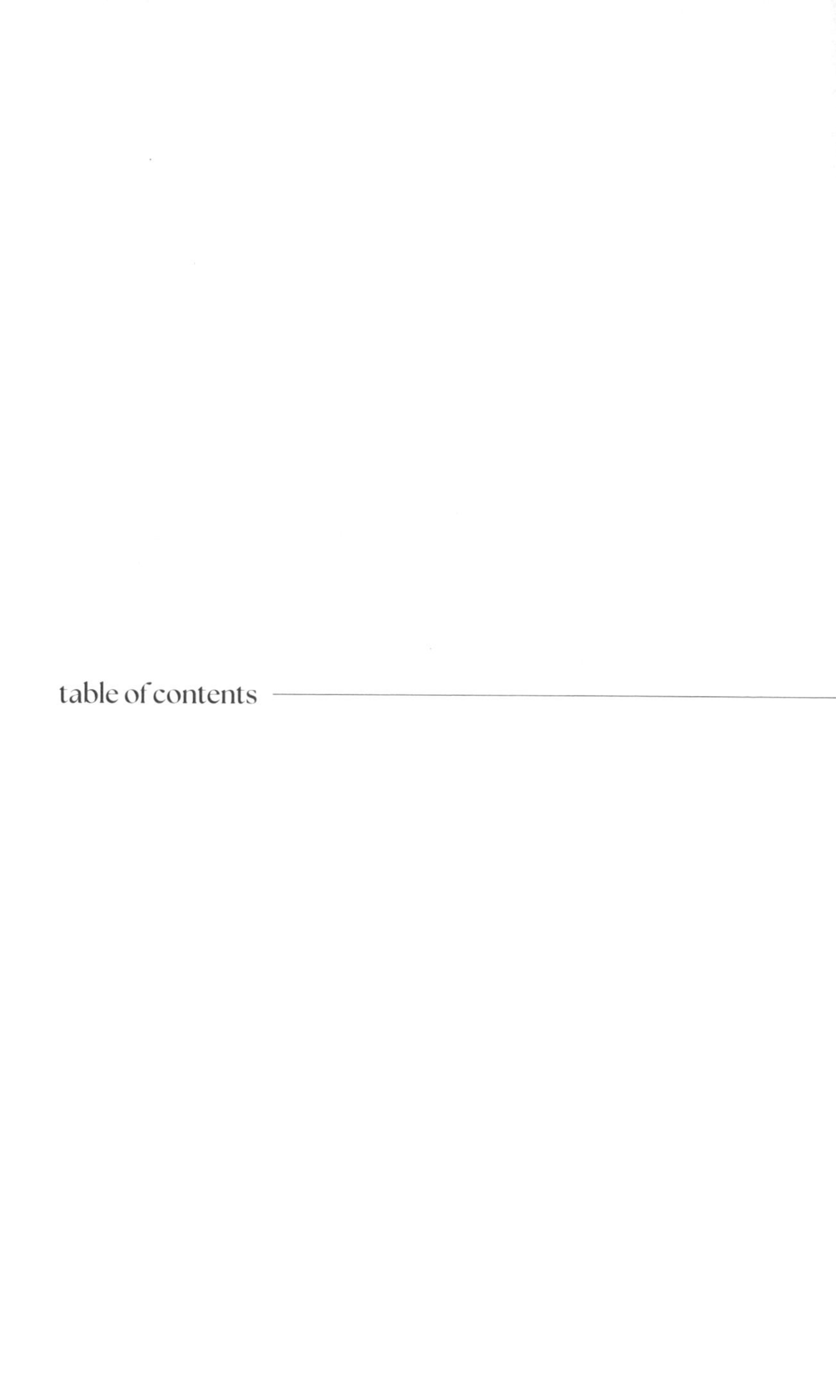

table of contents

Gate 04

영겁의 세월 동안

Gate 05

언덕에 누워

Gate 01

새초롬한
얼굴을 하고

새초롬한
얼굴을 하고

블루스타 Ep 1.

"Why!!! Fuck!!!"

한 외국인 아주머니가 절규에 가까운 욕지거리를 내뱉었다. 튼튼한 체구에 딱 달라붙는 빨간 티셔츠, 기하학무늬 레깅스를 입은 그녀는 얼굴이 시뻘겋게 달아올라 있었다. 마치 독특한 색깔의 아마존 독두꺼비처럼 보였다. 유난히 두꺼운 그녀의 입술 사이로 침인지 독인지 모를 것이 튀었다.

방금 페리 티켓 사무소 직원 3명 중 하나가 퇴근했다. 다음 차례였던 독두꺼비 아주머니를 앞에 두고 매정하게 창구 셔터를 닫았다. 모두가 그 광경을 봤고, 그녀의 절규가 합당하다는 듯 사방에서 옹호하는 소리가 들렸다. 그녀가 창구 앞에서 거친 숨을 쌕-쌕- 뿜어내는 동안 혈안이 된 사람들이 서로 밀고 부딪치며 옆줄로 끼어들었다. 훅훅 찌는 항구는 사람들의 짜증 섞인 한숨으로 달아올랐다. 이곳은 그리스의 수도 아테네에 있는 피레우스 항구. 갑작스레 취소된 페리 티켓을 환불받으려는 승객들이 사무소 앞에 빼곡히 몰려 있었다.

나는 '죽기 전에 꼭 가봐야할 섬'이라는 글마다 빠지지 않고 등장하는 '산토리니섬(Santorini)'에 가기 위해 그리스에 왔다. 한국에는 포카리스웨트 광고 촬영지 정도로 알려져 있지만, 전 세계 여행자들에게는 버킷리스트에 오를 정도로 이름난 관광지다. 그만큼 물가도 살인적이다. 돈 없는 배낭 여행객이 가기엔 어쩐지 어울리지 않는 곳이랄까. 그래서 나는 교통비라도 아껴보겠다는 생각으로 비행기 대신 페리를 택했고, 산토리니에서 딱 이틀만 머물 계획이었다.

그러나 새벽 6시 30분에 승선한 뒤로 네 시간 동안 갑판에 갇혀 있어야 했다. 날씨 때문이었다. 나중에 알게 된 사실인데, 그리스는 해상 안전 규정이 엄격해 기상 악화로 인한 결항이 잦다고 한다. 작열하는 태양이 페리 위로 완전히 떠오른 오전 11시, 결국 운항 취소가 확정되었고 수백 명의 승객이 한꺼번에 항구로 쏟아져 나왔다.

산토리니섬은 이 항구에서 고작 300km 떨어진 곳이다. 한국에서 그리스까지 9,000km를 날아왔는데, 여기서 멈출 수는 없었다. 페리에서 내리자마자 나는 곧장 티켓 사무소로 뛰어갔다. 어떻게든 오늘 그 섬에 가겠다는 일념 하나로, 티킷 변경을 위해 두 시간 넘게 줄을 서 있었다.

칼같이 퇴근한 창구 직원 덕에 줄이 사라진 그때, 나는 내 앞에 있던 여자의 말꼬리 머리만 보며 옆줄로 합류했다. 한바탕 폭풍이 지나간 뒤, 어디선가 수군대는 소리가 들렸다. 귀를 기울였다. 웅성거림은 점점 더 커졌다. 얼핏 "Cut"과 "Skip"이라는 단어가 들렸다. 그때 누군가가 내 어깨를 톡톡 쳤다.

"너 내 뒤에 있지 않았어?"

날카로운 억양에 당황한 나는 몸이 굳어 버렸다. 저들이 정말 내 앞에 있었나? 그 일대에 외국인만 어림잡아 150여 명 있었기 때문에 알 수 없었다. 방금 있었던 대이동으로 전부 뒤죽박죽이다. 확실한 건 그곳의 동양인은 나뿐이었다.

"너 새치기 했잖아. 맞지?"

"장난해? 너 뭐가 문제야? 빨리 뒤로 가."

내가 잘 모르겠다고 하자 여러 명이 합세했다. 기다렸다는 듯 한 마디씩 몰아붙였다. 싸늘한 표정, 한숨 소리, 어이없다는 듯 비틀린 입꼬리, 아이홀 속에 잠겨 흰자까지 시커멓게 물든 여러 개의 눈. 섬뜩했다. 마치 동굴 속에서 나를 노리는 맹수의 눈 같았다. '경멸'을 시각화한 것처럼 짙고 사나웠다. 나는 작게 중얼거렸다. 미안, 미안해. 몰랐어. 그러자 누군가가 내 배낭을 잡아끌었고, 크게 휘청거리며 뒤로 밀려났다.

꽤 많은 사람이 내 앞으로 끼어들었다.

주변 사람들의 따가운 시선이 느껴졌다. 힐끔 한 번에 따개비 하나가 내 피부에 파고들었다. 지중해의 푸른 하늘은 하염없이 맑았으나 나의 감각은 검은 눈동자에 빨려 들어갔다. 얼굴에 열감이 돌았다. 뇌수가 부글부글 끓어 꿀처럼 끈적해지는 듯했다. 저들이 정말 내 앞에 있었나? 어쩌면 그건 중요하지 않았다. 나는 시시비비를 가릴 힘이 없었다. 갈비뼈가 조여드는 듯했고 어느 순간 폐 기능의 10%만 사용하여 숨을 쉬고 있었다. 숨소리가 커지자, 나는 수면 아래로 추락했다. 웅웅- 지중해 심해의 늪에 빠져 먹먹해진 고막은 제 기능을 상실했다. 낯선 고요를 못 이겨 줄을 벗어났다.

나는 항구 주차장으로 비적비적 걸어갔다. 낡은 차 뒤에 주저앉았다. 담배꽁초가 널려 있었고, 땀 냄새를 쫓아온 파리가 자꾸 코에 붙었다. 배낭에 몸을 기댄 채 항구에 정박해 있는 블루스타 페리를 응시했다. 종일 꿈쩍도 안 한 저 페리, 아름다운 지중해 위에서 야속하게 넘실거렸다.

집에 가고 싶다.

내가 왜 그리스에 왔지?

한 시간 동안 꿈쩍도 못 했다. 내가 날린 돈을 헤아리다가 이내 아무런 생각도 없이 멍하니. 축 늘어져 있다 보니 현지인으로 보이는 낯선 남자가 내 쪽으로 다가왔다. 나는 본능적으로 그를 빤히 봤다. 그가 도와주겠다고 하면 뭐부터 부탁해야 할까.

"저기, 좀 비켜줄래요? 차를 빼야 해서."

나는 민망함에 벌떡 일어났다. 그제야 깨달았다. 습관적으로 날 도와줄 누군가의 손길을 기다리고 있었음을. 여기는 그리스다. 나에게는 나뿐이다. 내가 나를 도와야 한다. 정신을 바짝 차리지 않으면 오늘 당장 잘 곳이 없다.

서둘러 숙소 예약 앱부터 켰다. 원래라면 당일 취소는 환불이 되지 않지만, 결항했다는 사정을 설명하며 숙소 주인에게 메시지를 보냈다. 다행히 주인은 이미 항구의 상황을 알고 있었고, 흔쾌히 숙소비를 돌려주었다. 그제야 가슴을 짓누르던 돌 하나가 내려앉는 느낌이었다. 숙소비가 티켓값보다 훨씬 비싸 못 돌려받는다면 오늘 노숙해야할 지경이었다. 곧이어 그나마 저렴한 다음 날 오전 산토리니행 비행기표를 예매했고, 페리 온라인 사이트에는 티켓 환불 신청서를 제출했다. 마지막으로 오늘 밤을 보낼 공항 근처 숙소까지 예약을 마쳤다. 그러는 동안 땀이 식었다.

툴툴 털고 일어나 배낭을 둘러멨다. 여전히 어깨를 짓누르는 무게였지만, 전보다는 가볍게 느껴졌다. 이제 나는 그 무게를 안다. 설렘과 실망, 기대와 좌절이 차곡차곡 담긴 여행자의 무게. 한국의 차가운 현실로 인한 걱정의 무게와 그리 다르지 않았다. 그제서야 여행의 환상이 깨졌다. 자유로운 그리스에서도 나는 산토리니섬이라는 결승선을 향해 달려가는 경주마처럼 불안해하고 있었다.

생각해 보면 나는 이미 여행 중이었다. 피레우스 항구로 향하던 오늘 아침, 가슴이 두근거렸고, 지중해 바람에 실려 온 상쾌한 바다 냄새가 좋았으며, 갑판 위에서 마신 뜨거운 커피가 맛있었다. 배가 출항하지 못했다고 해서 내 시간이 멈춘 게 아니었다. 지금 이 순간도 여행이다. 어쩌면 그리스의 바다를 꿈꿀 때부터 나는 항해 중이었는지도 모른다. 블루스타 페리를 뒤로한 채 항구를 떠났다.

긴 기다림이 끝났다.

개 두 마리와
요르고스

　여행 중 가장 무서웠던 밤을 기억한다. 그 밤은 나의 공포를 담당하는 편도체 깊은 곳에 새겨져 있다. 그리스 '아르테미다'의 여름 별장에 관한 이야기다.

　그 별장은 유럽식 아치형 기둥으로 둘러싸인 주택이었다. 초록색 나무 대문을 열고 들어가면, 비 온 뒤 체육관 비품실에서 날 법한 삭은내가 났다. 소슬하고 무거운 공기 속에 쇠비린내, 가죽 냄새, 마른나무 향이 부유했다. 7~8명이 자도 좋을 만큼 방과 침대가 많았다. 가구나 벽에서 세월 감이 느껴졌기에 이곳에 살던 노부부가 세상을 뜨고 주택을 상속받은 자식이 숙박업으로 쓰고 있나 싶었다.

　누군지 몰라도 그가 원망스럽다. 왜 이곳의 이름을 'Summer House Hostel'이라 지었나? '호스텔'은 여행자를 위한 숙소라 싼값의 다인실과 공용 공간이 있다. 나는 그 이름만 보고 이 숙소를 예약했다. 물론 당장 잘 곳이 필요해 자세히 알아보지 않은 탓도 있지만, 이렇게 큰 별장을 혼자 쓸 생각은 터럭만큼도 없었다. 그러나 도착했을 때는 이미 늦었다. 환불 불가, 주변에 호스텔 없음. 이곳에서 혼자 하룻밤을 보내야 한다.

이곳 아르테미다는 1980년대 이후 아테네 중산층의 휴양지로 인기를 끈 소도시다. 9월의 여름 별장들은 제 할 일을 다 했다는 듯 휴면기에 접어들었다. 오후 4시, 동네를 돌아다니는 나를 본 주민은 고개가 꺾일 정도로 시선을 떼지 못했다. "저 동양인은 왜 여기에 있지?"라는 표정이었다. 고즈넉한 동네 어디선가 고기 굽는 냄새가 났다. 희고 낮은 담 너머로 빨간 부겐빌레아(Bougainvillea) 꽃이 흐드러졌다. 그리스의 고요한 정취를 느꼈다.

슈퍼에서 살라미와 빵, 페타 치즈를 사서 해변으로 갔다. 나는 통나무 벤치에 앉아 샌드위치를 만들어 먹었다. 꾸역꾸역 주린 배를 채우던 그때, 갑자기 커다란 개 두 마리가 튀어나왔다. 한 놈은 크림 브라운색, 다른 놈은 검은색. 놈들은 촐싹대며 먹을 것을 달라고 보챘다. 나는 빵을 조금씩 떼어주었다.

"어느 나라 사람이니?"

누군가가 대뜸 말을 걸었다. 불뚝 나온 배, 벗어진 머리, 돌출형 눈. 전형적인 그리스 시골 남자였다.

"한국인이예요."

"휴가 중이야? 그…그리스에서 휴가?"

"예스."

그는 바다 수영을 했는지 빨간 스포츠 백에서 비치 타월을 꺼내 젖은 몸을 닦았다. 특이했던 점이 있다면 목소리였다. 성대에 어떠한 문제가 있는 게 아니라 목소리를 내는 방식이 독특했다. 마치 누르면 꽤애액 소리가 나는 닭 모양 장난감 같았다. 그리고 말을 심하게 더듬었다. 입가엔 파도가 부서지듯 하얀 거품이 보글보글 끓고 있었다.

"북한이야, 나…남한이야?"

"당연히 남쪽이죠."

그는 시답잖은 농담을 이어갔다. 내가 단답으로 일관 해도 분위기를 읽는 능력이 없는지 한참 동안 내 앞을 떠나지 않았다. 그의 불안한 듯한 서성거림과 예쁘다는 칭찬이 거슬렸다.

"왜 여기에 호…혼자 있는 거니?"

"그냥 여행 중이에요."

"호…혼자?"

"…네."

아차 했다. 혼자라고 대답하는 게 아니었다. 거짓말을 해서라도 남편이나 가족들과 함께 있다고 하는 게 맞았다. 그때부터 그의 존재가 불편을 넘어 두려움의 영역으로 들어갔다. 나는 반사적으로 아무렇지 않은 척 너스레를 떨었다. 다음 날 아침 일찍 이곳에 또 수영하러 올 테니 나오라는 그의 말에 손사래를 쳤다. 저는 내일 산토리니섬에 가야 해요 라고 하자 그가 아쉬운 듯 너털웃음을 지었다. 나는 개 두 마리의 젖은 털을 번갈아 쓰다듬으며 평정심을 찾으려 노력했다. 한시라도 빨리 자리를 뜨고 싶었으나 그가 내 뒤를 밟아 여름 별장까지 따라올까 봐 아무것도 할 수 없었다.

"만나서 저…정말 반가웠어, 옌."

"저도요."

"네가 사…산토리니에서 아름다운 휴일을 보내길 바…바라!"

"고마워요…!"

그가 웃으며 악수를 청했다. 나는 입꼬리를 한껏 올려 보이며 손을 잡고 흔들었다. 그가 시야에서 사라진 것을 확인한 뒤 서둘러 여름 별장으로 향했다. 개 두 마리가 나를 쫓아왔다. 남은 빵이 없다는 것을 보여주어도 내 곁을 떠나지 않았다. 서로 목덜미를 무는 장난을 치다 모래밭을 구르고, 저 멀리 앞서갔다가 다시 돌아오고… 두 놈은 별장 마당까지 들어와 헤집어 놓고는 내가 시야에서 사라질 때까지 꼬리를 살랑살랑 흔들었다.

별장으로 돌아오자마자 나는 바삐 움직였다. 마치 핵폭발을 피해 방공호에 몸을 숨긴 피난민처럼 집 안에 있는 모든 창문과 문을 단단히 걸어 잠갔다. 협탁 위의 작은 스탠드까지 조명이란 조명은 전부 켜두었다. 그렇게 해도 불안감은 여전했다. 낮에 만난 그 남자 때문일까? 머릿속에서 낯선 이가 저 낡은 대문을 부수고 들어오는 영상이 끊임없이 반복 재생됐다.

밤이 되자 설상가상 태풍이 찾아왔다. 괴팍한 바람이 창틀을 흔들었다. 가끔 위험에 처한 누군가가 살려달라고 두드리는 것처럼 쿵쿵쿵, 큰 소리가 났다. 주택의 근간이 흔들릴 정도로 센바람이 지나가면 방 안에 있던 주황빛 전등이 불규칙적으로 깜빡거렸다. 집안 곳곳에서 기괴한 소리가 들렸다.

끼익, 쿵, 께에엑, 철컥!

나는 이불 속에 숨어 웅크렸다. 식은땀이 등줄기를 타고 흘렀다. 화장실에 가기 싫어 아까부터 아무것도 마시지 않은 탓에 입안이 껄끄러웠다. 내가 할 수 있었던 건 고도를 기다리는 블라디미르처럼 박명이 오기를 기다리는 것뿐이었다. 한 가지 다행인 점은 와이파이가 잘 터져서 유튜브로 '무한도전'을 틀어놓을 수 있었다는 것. 깔깔거리는 방청객의 웃음소리에 기대어 눈을 감았다.

정신 사나운 예능 효과음이 점점 잦아들더니 어느 순간

희끄무레한 꿈을 꾸고 있었다. 내가 여름 별장으로 돌아가는 모습이 제삼자의 눈으로 보였다. 마치 CCTV처럼 위에서 나를 내려다보는데, 낮에 해변에서 봤던 남자가 내 뒤를 따라오고 있었다. 다음 장면으로 빠르게 전환됐다. 쿵쿵쿵, 그가 대문을 부서져라 두드렸다. 나는 문을 벌컥 열어주었다. 그가 서슴없이 여름 별장으로 들어와 젖은 타월로 내 목을 졸랐다. 나는 께에엑- 소리를 내며 버둥거렸고, 눈 주위 실핏줄이 터져 빨간 피가 뚝뚝 흘렀다.

당장 신고해야겠다는 생각에 손만 겨우 움직여 핸드폰을 켰다. 그러자 그 남자가 말했다. "그…그리스 경찰 번호가 며…몇 번인지 알아?" 생각해보니 나는 그것도 몰랐다. 급한 대로 112라도 눌러보려는데 키패드 배열이 마치 은행 비밀번호를 누를 때처럼 뒤죽박죽이었고, 아무리 들여다봐도 숫자 2가 없었다. 내 입가에 하얀 거품이 보글보글 끓었다. 이대로 죽겠구나, 확신이 든 그때 웨에엥-하는 강렬한 엔진소리와 함께 유재석이 등장했다. 전기톱을 들고 나를 구하러 온 것이다. 그 남자는 내 목을 조르던 타월을 놓고 당황한 듯 뒷걸음쳤다. 어디선가 방청객의 감탄사가 들렸고, 이어서 달려온 박명수와 정형돈, 정준하가 해외 동포 살리기 장기 프로젝트가 성공했다며 박수를 쳤다. 카메라팀이 도륙이 된 남자의 잔해를 클로즈업했다. 전기톱 날에 의해 만신창이가 된 남자를 보며 방청객이 숨넘어갈 듯 웃었다. 그 장면을 마지막으로 잠에서 깼다. 일어나보니 유튜브에 무한도전 '완전 남자다잉' 특집이 틀어져 있었다. 창밖은 아직 시퍼런 새벽이다.

아르테미다의 여름 별장에서 저주에 걸린 걸까. 그날 이후로 여행 중에 악몽을 자주 꿨다. 오스트리아 호스텔 계단에서 굴러 정강이를 다친 날, 누군가의 절단된 다리를 논에 심어 키우는 꿈을 꿨고, 조지아의 눈 덮인 도로에 갇혔던 날에는 손톱만큼 작아진 내가 아이젠을 낀 등산화에 밟혀 죽는 꿈을 꿨다. 그런 꿈을 꾸고 일어나면 한국에 돌아가고 싶은 충동이 끓는다. 아이처럼 안방으로 뛰어가 엄마 나 악몽꿨어라고 소리치고 싶어진다. 그렇지만 그런 삶을 반복했다면 아직도 혼자 잘 수 없었겠지.

그 여름 별장에서 하룻밤을 보낸 이후로 나는 아무 데서나 잘 수 있게 됐다. 이 자리를 빌려 아르테미다와 꿈에 등장해 준 그 남자에게 고맙다는 말을 전하고 싶다. 그의 이름은 요르고스. 거의 매일 바다 수영을 한다고 했다. 그와 악수했을 때, 9월의 바다를 수영한 사람치고 손이 따뜻했다. 멋대로 전기톱을 휘둘러서 미안했습니다. 돌이켜보면 당신 참 친절한 사람이었어요.

코라가 있는 섬 Ep 3.

"지금까지 가봤던 곳 중에 가장 좋았던 데가 어디예요?"

여행을 좋아한다고 하면 이 질문을 꼭 받는다. 그럼 나는 슬로베니아라고 대답한다. 사실 내 마음속 1등은 따로 있다. 나만 알고 싶어서 아무에게도 추천하고 싶지 않은 단 한 곳.

그리스의 숨겨진 섬, 폴레간드로스다.

세계적인 미국 여행 잡지인 콩데나스 트레블러(Conde Nast Traveller)는 폴레간드로스섬을 '그리스에 숨겨진 가장 아름다운 섬'으로 소개했다. 이 작은 섬에는 마을이 3개뿐이며 아직도 나귀를 타고 농사짓는 현지인을 볼 수 있다. 내면의 고요한 울림을 들으려는 진정한 여행자가 간다는 폴레간드로스섬에서 나는 잊지 못할 3일을 보냈다.

한낮 산토리니 아티니오스 항구(Athinios Port)에서 폴레간드로스 행 씨제트(Sea Jets) 페리에 탔다. 페리는 승객들로 인산인해를 이뤘다. 대부분 산토리니섬을 즐긴 뒤 아테네로 돌아가는 사람들이다. 폴레간드로스섬에 내리는 승객은 프랑스인 무리와 나뿐이었다.

이 섬의 항구는 항구라고 부르기도 민망할 정도로 작았다. 부실하기 짝이 없는 소형 등대가 외로이 서 있을 뿐, 적요했다. 나는 숙소가 있는 마을로 가야 했다. 그러나 아무런 정보가 없어, 숙소를 찾는 건 오로지 내 몫이었다. 항구 앞 흰 그리스식 건물 옆에 버스정류장으로 보이는 벤치가 하나 있었다. 그러나 시간표도, 목적지도 적혀 있지 않았다. 근처에서 담배를 피우고 있는 항구 사람에게 다가가 물었다.

"코라로 가려면 어떻게 해야 하나요?"

"저기서 버스를 타면 돼요. 10분에 한 번씩 올 거예요."

호젓하게 앉아 버스를 기다렸다. 얼마 지나지 않아 무거운 엔진 소리와 함께 버스 한 대가 등장했다. 이곳에는 목적지를 적어둘 필요가 없었다. 버스가 향하는 곳은 단 하나, 코라(Chora)라고 불리는 마을뿐이다. 나중에 안 사실인데, 그리스어로 코라(chora)는 땅, 지역, 고장 등의 뜻을 지닌 단어다. 그래서 섬의 중심 또는 수도 역할을 하는 본 마을을 지칭할 때 보통 '코라'라고 부른다. 작은 섬에서 많이 쓰는 단어라고 한다. 한국어로 치면 마을 이름이 '큰 마을'인 것이다.

이름을 짓는 방식에서 조르바가 떠올랐다. 니코스 카잔차키스의 소설 〈그리스인 조르바〉에는 '착실한 뼈마디'를 가졌다는 그리스 남자 조르바가 등장한다. 그는 삶을 이해하려 하지 않고 살아냄으로써 증명하는 인물이다. 늘 '지금 이 순간' 속에서 빛나는 별과 함께 포도주를 마시고, 모닥불 앞에서 산투르를 연주하며 젊음을 노래한다. 조르바는 쉽게 사람을 믿고 상처받는 화자에게 이렇게 말한다.

"나는 아무것도 안 믿습니다. 내가 몇 번을 말해야 합니까? 나는 믿는 것도 믿는 사람도 없습니다. 조르바만 믿습죠. …왜냐하면 내가 다스릴 수 있는 오직 하나의 존재이고 내가 아는 하나밖에 없는 놈이니까."

조르바는 조르바이기 때문에 조르바를 믿는다고 소리쳤다. 큰 마을이 큰 마을이기 때문에 큰 마을이라 부르는 그리스와 닮아 있다고 생각했다. 생각해 보면 한국은 첩첩산중에 흐르는 계곡 하나하나에 다 이름을 붙여 사연과 의미, 기원을 담아둔다. 한과 얼이 담긴 역사에서 비롯된 걸까.

버스를 탔다. 80년대 자료 화면에 나올 법한 낡은 버스였다. 촌스러운 패턴의 벨벳 좌석은 아주 오랫동안 흙먼지를 빨아들인 듯했다. 하지만 더러운 시트 따위 신경 쓰이지 않았다. 나는 창밖 풍경에 정신이 팔려 버렸다. 나를 태운 버스가 산등성이 사이에 쭉 뻗은 도로를 홀연히 지나갔다. 마치

영화 〈그을린 사랑〉에서 나왈이 아들을 찾기 위해 내전으로
황폐해진 도로를 달려 보육원으로 향하는 장면 같았다. 산은
버스를 집어삼킬 듯 높은 자태를 뽐내고 있었다. 나무는 단
한 그루도 없었다. 푸른 숲으로 우거진 한국의 산과 정반대
다. 투박한 바위가 초코바 속 아몬드처럼 쿡쿡 박혀있었고,
지중해 초목이라고 불리는 마른 식물이 듬성듬성 고개를 내
밀었다.

코라에 도착했다. 숙소를 찾는 동안 마을 전체를 한 바퀴
빙 둘러 걸었다. 하얀 주택가를 지나면 번화가가 나온다. 타
베르나(그리스식 식당)가 모여 광장을 이루고 있다. 작은 광장
이라 각각의 타베르나 사이 경계가 모호한데, 의자 색으로
구분되어 있다. 빨간 의자는 카페, 노란 의자는 해산물 레스
토랑, 이런 식이다. 광장 위로는 포도나무 덩굴이 지붕을 이
루고 있었다. 영겁의 세월 동안 그 자리를 지켰을 나무가 조
금씩 그늘을 확장했다. 찰나를 사는 인간은 그 그늘 밑에서
잠시 쉬고 갈 뿐이다. 그 사이 피어난 진분홍색 부겐빌레아
꽃을 보고 짧게 감탄할 뿐이다.

섬에는 고양이가 많았다. 영역 싸움이라는 걸 알까 싶을
정도로 평온한 고양이가 유유히 골목을 지나다녔다. 마리골
드 옆에 앉은 얼룩 고양이가 심드렁한 표정으로 앞발을 핥는
다. 조용한 오후, 섬사람들은 테이블에 앉아 그리스식 커피
를 마시고 있다. 그들은 하루 중 가장 흥미로운 부분을 발견

했다는 듯 내게서 시선을 떼지 못한다. 커피를 아주 조금씩 홀짝이며 나를 응시한다. 이 섬을 통째로 빌려 영화 한 편을 찍는다면 그 내용이 어떻든 간에 미술 부분 작품상을 탈 게 분명하다. 그리고 사람들은 그 영화의 제목을 폴레간드로스라고 기억하겠지.

서울살이가 길어지면 나는 폴레간드로스섬을 떠올린다. 빌딩 사이에 내 삶을 끼워 맞추느라 갈아내고 도려낸 잔해를 쓸고 갈 파도가 필요하다. 건물 벽을 칠할 때, 흰색과 파란색 페인트만 있으면 되는 사람들. 별은 별이고 바다는 바다인 곳. 오늘을 살아내기에 필요한 건 끼니와 포도주, 나귀의 먹이 뿐이면 되는 삶. 단순함의 미학을 가르쳐준 그리스가 그리워졌다는 건, 마음이 복잡하다는 뜻일지도 모르겠다. 그럼 나는 눈을 감고 그 섬의 파도 소리를 듣는다. 잔잔하지도 거칠지도 않은 물결의 소리. 마음의 표면이 매끄러워질 때까지 나를 쓸고 가도록 내버려둔다.

자유의 의미 Ep 4.

그 해변은 누드 비치였다. 여자들이 유려한 가슴을 드러내
고 바위 위에 앉아 일광욕을 즐긴다. 그들의 몸은 건강하게
그을려 있어 그리스 바다와 어울리는 색이었다. 그리스 섬의
숨겨진 해변에 가면 알몸을 수영복만큼 흔하게 볼 수 있다.
좋~은 정보를 알려주는 듯한 느낌이 들지만 실제로 보면 전
혀 그렇게(?) 보이진 않는다. 그냥 사람이 벗었구나 하며 덤
덤히 받아들이게 된다. '여기서는 벗어도 되고 저기서는 안
됩니다'라는 표지판 따윈 없지만, 타베르나(그리스식 식당)가
많은 번화가 근처 해변에서는 모두가 수영복을 잘 챙겨 입
는다. 그러다가 절벽에 둘러싸인 해변을 발견하면 다들 노출
증에 걸려 옷을 홀러덩 벗어버린다. 재밌는 점은 이 작은 해
변에서도 구역이 나뉜다는 것이다. 해변 오른편에는 아이들

과 휴가를 즐기러 온 가족이 알록달록한 수영복을 입고 물놀이를 한다. 왼편으로 오면 아담과 이브를 실물로 볼 수 있다. 타월을 깔고 누운 알몸 커플, 비키니를 풀고 엎드려 소설을 읽는 여자, 옆에 빈 맥주병을 두고 낮잠을 자는 전라의 중년 남자… 모두가 자연스러웠고 평화로웠다. 해가 수평선을 향해 슬금슬금 기어 내려오는 오후 5시, 9월의 그리스 해변에서 달 뜬 표정으로 불안해하는 사람은 나뿐이다. 벗을 것인가, 말 것인가?

그늘을 찾아 배낭을 내려놨고, 고른 바닥에 비치타월을 깔아 자리를 마련했다. 잠시 앉아 멍하니 수평선을 바라봤다. 수영복도 없이 충동적으로 온 거라 바다에 들어가려면 옷을 벗을 수밖에 없었다. 도르르 눈알을 굴리다 아무렇지 않은 척 가방에 있던 자두를 먹었다. 날씨가 더워 그런지 땀이 삐질삐질 났다. 당장이라도 저 바다에 뛰어들고 싶었다.

하지만 내가 누구인가. 유교의 나라에서 온 동양인 여자 아닌가. 그 일대에 있는 사람들 모두 유럽인이거나 미국인으로 보였다. 조금 과장하면 여기서 내가 옷을 벗는 동시에 화려한 등장음이 들리고 "누드 비치에서 옷을 벗은 최초의 한국인입니다!"라는 멘트와 함께 진행자가 등장할 것만 같았다. 만약에 벗었다가 한국인이라도 마주치면 어떡하지? 물론 여기에 온 뒤로 한국인은 커녕 동양인과도 마주친 적은 없었지만… 그걸 떠나서 누가 사진 찍으면? 끊임없이 떠오르는 최악의 상황 시뮬레이션 때문에 자두 씨가 마를 때까지 굳어 있었다.

한참 뒤에야 결심이 섰다. 누드 비치라니. 한국에서는 상상도 할 수 없는 거야. 그러나 역설적으로 생각해 보면 한국을 벗어난 지금이 기회다. 내가 이 섬에 오기 위해 얼마나 고생했는데. 기껏 여기까지 온 거 여기서만 할 수 있는 미친 짓을 누리자.

입고 있던 민소매를 벗었다. 망설이는 티가 나면 초짜인 걸 들킬까 봐 훌러덩 벗어 던졌다. 팬티는 차마 벗을 수가 없어 그대로 바다를 향해 걸어갔다. 대각선 방향에 있는 외국인 남자의 시선이 느껴졌다. 동양인 가슴은 처음 보나. 가슴을 내놓은 것도 자유, 보는 것도 자유 아니겠어? 이 두 덩어리는 그저 먼 미래에 내 자식 밥줄이 될 수도 있는 신체 기관일 뿐이야 라는 생각을 하며 차가운 바다에 발을 담갔다. 원래 같으면 천천히 물을 묻혀가며 들어가지만(사실 상당히 부끄러웠으므로) 냅다 바닷속으로 몸을 던졌다. 온몸의 털이 쭈뼛 설 정도로 차가웠다. 깊은 곳으로 헤엄쳐갔다. 파도가 내 가슴을 훑고 지나갔다. 느낌이 이상했다. 물결 따라 가슴이 둥실거렸다.

바다가 목까지 차오른 지점에서 온몸에 힘을 풀고 누웠다.

파문이 귓가를 간지럽히다 쑤욱, 귓속을 들락거렸다. 나는 비릿한 탯줄이 이어진 신생아처럼 온몸으로 바닷물을 빨아들였다. 염분 농도, 파도 세기, 바다색, 온도, 일조량까지 다 내가 서식하기 위한 최적의 조건인 듯했다. 아, 이게 자유라는 걸까.

물론 이러한 자유를 만끽할 수 있는 이곳에도 암묵적인 규칙이 몇 가지 있다. '타인의 벗은 몸을 뚫어져라 쳐다보지 말 것.', '당사자 허락 없이 촬영하지 말 것.', '지나친 애정 행각 금지.' 놀랍지 않은가. 집 앞 공원과 흡사한 규칙만 지켜주면 당신도 해변에서 알몸이 될 수 있다. 생경하지만 잊을 수 없는 추억이 될 것이다. 한국인과 마주치지만 않으면… 뭐…

곤충 욕심

충북 제천의 한 산골 마을 끝자락에 아버지의 아지트가 있다. 주말농장으로 활용하시다 환갑 이후에는 봄, 여름, 가을을 그 농장에서 지내신다. 아버지는 아궁이가 있는 흙집을 직접 지으셨다. 산 밑에 밭을 일궈 먹을 만큼만 작물을 키우고, 길고양이 여러 마리와 버섯, 야생벌을 돌보시며 좋은 계절을 홀로 나신다. 엄마와 나와 언니는 그 농장을 그다지 좋아하진 않아 가끔 가서 고기를 구워 먹곤 했다.

18살 때였나? 날 좋은 어느 날 산마늘 잎을 따러 농장에 갔다. 목장갑을 끼고 미적미적 잎을 따는데, 저 멀리서 엄마가 나를 다급하게 부르셨다.

"이거 봐! 엄청 특이한 벌레를 잡았어. 생전 처음 보는 벌레야!"

엄마는 붉은귀거거북처럼 빨갛게 달아오른 얼굴로 무언가를 감싸고 있던 손을 펴 보이셨다. 나는 입을 떡 벌리고 내 두 눈을 의심할 수밖에 없었다. 아주 작은 딱정벌레였는데, 몸체는 마치 장미 풍뎅이처럼 금속성 광택을 띠는 노란색이었고, 그 몸 위를 덮고 있는 둥근 막이 얇은 플라스틱 조각처럼 투명했다. 내 눈을 사로잡았던 부분은 그 동그란 막에 수놓아진 금박 무늬였다. 케이크 위에 올리는 식용 금박처럼 번쩍거렸다. 생물에서 나올 수 있는 빛이 아니었다. 그 사이사이 빨간색 점이 찍혀 있어 그 신비로운 자태가 더욱 빛났다. 나와 엄마는 극도로 흥분한 채 세상에 이런 벌레가 어디 있느냐고 열을 올렸고 그 작은 곤충은 얇은 더듬이를 삐쭉거리며 천천히 내 손바닥을 기어다녔다. 엄마가 채집통을 가지러 가고 내가 넋을 놓고 있던 찰나, 그 신비로운 곤충이 금빛 날개를 확 펼쳤다. 그리고 해리포터에 나오는 골든 스니치처럼 순식간에 날아올라 시야에서 사라졌다.

나는 그 곤충을 놓쳤다는 아쉬움 보다도 이 세상에 그런 생물이 존재한다는 충격에서 한동안 벗어나지 못했다. 생각해 보면 유치원 때 누에 벌레를 애지중지 보살펴 성충 나방까지 진화에 성공시킨 적이 있고, 초등학생 때는 그 경력을 살려 장수풍뎅이 한 마리의 일생을 책임졌다. 애초에 곤충에 관심이 있었던 것도 맞지만, 그 신비한 곤충의 등장은 내 관심사를 완전히 뒤집어 놓았다. 시간이 흐르자 마치 외계인이라도 마주친 것처럼 왜곡된 환상이 씌워졌다. 하루는 그 곤충과 만약 대화할 수 있다면 어떨까? 라는 주제로 인터뷰 형식의 짧은 글을 써봤다.

- 안녕하세요. 저는 당신을 본 적 있습니다. 충북 제천 농장에서, 혹시 기억하시나요?

- ……

- 아, 그때는 죄송했습니다. 제가 너무 무례했죠. 너무 신기한 나머지 당신을 붙잡고 싶었습니다.

- 인간은 욕심이 많아. 그게 모든 걸 망치곤 하지.

- 인정합니다. 곤충의 눈으로 볼 때 충분히 그럴 수 있습니다. 또, 인간에 대해 어떻게 생각하시나요?

- 먹을 것이 지나치게 다양해. 우린 잎이나 줄기, 꽃잎 정도면 충분하다고.

- 하하, 그래도 곤충은 안 먹습니다.

- 흥, 혹시 모르지. 이대로 가다간 먹을 것이 사라질테고, 그럼 곤충에게도 손을 뻗을 걸.

- ……

- 그게 다 욕심 때문이라고. 별걸 다 욕심 내지.

아마도 이와 같은 대화는 불가능할 것 같다. 그 새침하고 재빠른 날갯짓이 아른거려서인지 질문에 대한 답을 끌어낼 자신이 없다.

몇 년은 그 곤충이 학계에 보고된 적 없다고 확신한 채 농장에 갈 때마다 두 눈을 치켜뜨고 풀숲을 뒤적거렸다. 만약 또 발견하면 내 이름을 붙여서 곤충 도감에 등록해야지-라는 부푼 꿈을 안은 채였다. 그러나 아무리 찾아봐도 그 곤충을 다시 볼 수 없었다. 그 희귀함이 나를 더 안달 나게 했다. 성인이 되고 나서도 한 번씩 그 곤충이 떠올랐다.

이대로는 그 미스터리가 해소되지 않겠다는 생각에 그 곤충에 대한 단서를 찾기로 했다. 무심코 황금 곤충이라고 검색하자 내가 봤던 그 곤충과 유사한 사진이 떴다. 믿을 수 없게도 버젓이 이름을 갖고 있는 곤충이었다. 정체는 '금자라남생이잎벌레'. 내가 봤던 그 곤충과 100% 같은 녀석은 없었지만, 확실했다. 한국과 중국, 일본 등에 서식하며 딱정벌레목에 속하는 곤충이다. 곤충 애호가들 사이에서 15만 원에서 50만 원까지도 거래된다고 한다. 나는 이 세상에 존재하는 곤충이라는 사실에 희열을 느끼면서도 어쩐지 실망스러웠다. 차라리 몰랐다면 이 미지의 생물과 다시 만나는 날만 기약하며 살 텐데.

금자라남생이잎벌레의 존재를 알게 된 이후로 곤충 욕심이 사라졌다. 언젠가 제천 산골에서 다시 만나도 "어! 저 녀석! 잡으면 최소 15만 원이야!"라며 혈안이 되고 말겠지. 어른이 되는 건 참 싫다. 몰랐으면 좋았을 게 너무도 많아졌다.

늘 조금은 취한 채로

술을 좋아한다. 낯선 나라에 가면 골목 바에 가서 로컬 맥주나 하우스 와인을 주문한다. 술의 맛과 향기로 그 나라를 짐작하는 게 좋다. 29개국을 여행한 지난 8년은 세상의 맛을 조금씩 증류해 온 시간이었다. 어떤 낮에는 단맛이, 어떤 밤에는 쓴맛이 남았다.

독일 맥주는 직선적이다. 대형 마켓에서 손에 잡히는 대로 사 온 병맥주도 '맥주라면 본래 이래야지', 라고 말하는 듯했다. 우직한 오크통에서 콸콸 나오는 모양새부터 정직하달까.

프랑스 와인은 그와 정반대다. 오래된 골목의 그림자처럼 일렁거리고, 조도가 낮은 조명처럼 건삽했다. 제멋대로인 재즈의 선율과 어울리는, 포멀한 재킷 위에 독특한 브로치 같은 술. 와인 잔에 찍힌 입술 자국마저 로맨틱하게 만드는 매력이 있다.

같은 와인이라도 헝가리의 것은 달랐다. 에게르 와이너리에 가면 '황소의 피'를 맛볼 수 있다. 16세기 오스만튀르크가 8만 명이나 되는 군사를 이끌고 에게르를 침략했다. 에게르 병사는 고작 2,000여 명뿐이었다. 성주는 병사들을 위해 마을 창고를 열어서 좋은 와인을 내줬다. 사기를 증진한 에게르 병사들은 초인적인 힘을 발휘하여 튀르크군에 대항했고, 결국 에게르를 지켜냈다. 튀르크군 사이에서 에게르군이 황소의 피를 마시고 전투에 승리했다는 소문이 돌았다. 그 이후로 에게르에서 나오는 레드 와인은 모두 '황소의 피'라고 불렸다. 맛에서 자부심이 드러났다. 부드럽고 깊은 타닌과 매콤 털털한 향이 목구멍을 훑고 넘어갔다. 그사이 은은한 나무 향이 용맹한 병사의 얼굴을 떠올리게 했다.

인도네시아 발리의 맥주에는 바닷바람 향이 난다. 일본의 사케에는 고요한 세월이 부유한다. 대만의 카발란 위스키 증류소에 가면 나무 선반 위 젖은 가죽 장갑 같은 향이 난다. 슬로베니아의 로제 와인은 저무는 태양의 가장 아름다운 색과 닮았다.

사람도 똑같다. 누군가는 맥주처럼 호탕하게 내지르고, 누군가는 와인처럼 오래 삭아 말을 아낀다. 나는 느린 술이다. 마음 부스러기를 빚어 오랫동안 앓다가 뒤늦게 바글바글 소리를 내는 사람. 그래서인지 낯선 곳에 가면 늘 긴장한다. 여행 중엔 나도 모르게 이를 꽉 깨물어서 턱이 뻐근해지고, 볼 안쪽 살을 씹다 피가 난다. 몸에 힘을 주고 있어 그런지 어깨가 뭉쳐 밤마다 파스를 붙인다.

그 긴장된 마음을 풀기 위해 술을 마시기 시작했다. 한 잔 한 잔이 그곳에서 내가 알아들을 수 있는 유일한 언어였다. 어쩌면 이방인의 냄새를 지우기 위해 그들과 같은 술을 들이켰는지도 모르겠다. 술이란 결국 한 나라의 정서가 응축된 액체다. 추운 나라일수록 도수가 높고, 외로운 나라일수록 향이 진하다.

오랜만에 한국에 돌아오면 소주부터 찾는다. 첫맛은 달고 끝은 쓰다. 견디는 법을 알려주는 그 한잔에 우리는 무엇을 부딪치고 있는가.

마음을 증류하면 어떤 것이 남을까.

세상은 여전히 낯설다. 나는 한 잔의 술로 그 낯섦을 기억한다. 그래서 내 여행은 늘 잔 위에 고인다.

어디든 베이스 캠프로 만드는 법

두려움은 극복하라고 있는 것

여행을 혼자 다닌다고 하면 항상 받는 질문이 있다. "안 무서워요?" 익숙해진 요즘에는 "관광지 위주로 조심해서 다니면 괜찮아요."라고 답하지만, 사실 그래도 늘 무섭고 두렵다. 가까운 아시아 여행은 덜하지만, 유럽처럼 먼 곳에 가면 관광지고 뭐고 겁에 잔뜩 질리곤 한다. 나를 보호해 줄 가족과 친구들이 당장 오더라도 15시간 이상 걸린다는 사실 자체만으로도 신경증에 빠지는 것이다.

그럴 때 내가 썼던 방법이다. 지구 어디에 있든, 잠시나마 긴장을 풀 수 있는 법을 알려주겠다.

❶ 맥도날드에 가라

만약 너무도 낯선 곳에 도착해 왠지 적응하기 힘들 것 같다면, 맥도날드에 가서 평소 즐겨 먹는 메뉴를 먹어라. 전 세계 어디를 가나 도심에는 맥도날드가 있다. 나는 늘 쿼터 파운드 치즈를 먹는데, 익숙한 그 맛이 느껴지면 '음, 그래. 여기도 다 같은 사람 사는 곳이지.'라며 끄덕이게 된다. 낯설었던 거리의 풍경이나 냄새가 조금은 정겹게 느껴지기도 한다.

❷ 향수 사용하기

이건 즉각적인 안정 효과를 가져올 방법이다. 여행하다 보면 높은 확률로 패닉에 빠지거나 부당한 대우를 받아 극도로 분노하거나, 어떻게 이럴 수가 있나 싶을 정도로 일이 잘 안 풀리는 날이 오곤 한다. 그런 순간에 만약 혼자라서 의지할 구석이 없다면, 붉으락푸르락해진 얼굴로 고개를 떨구고 걷기보다 이 방법을 써보길 바란다. 평소에 자주 쓰는 익숙한 향기를 소분해 주머니에 넣고 다니다가 그런 때에 맡으면 된다. 꼭 향수가 아니어도 된다. 섬유유연제 석고 방향제를 가져가거나 좋아하는 차 티백, 과일 향 등 '익숙한 향기'를 지니고 다니는 게 포인트다. 나는 자주 뿌리던 향수 샘플을 들고 가 인종차별을 당해 서러울 때마다 뿌렸다. 향이란 대단한 힘을 갖고 있다는 걸 그때 처음 알았다.

❸ 어떻게든 현지인 친구 사귀기

사실 혼자 여행한다는 건 무한대로 친구가 생길지도 모른다는 가능성을 지니고 있다는 뜻이다. 내향인이라 쉽지 않더라도 인연을 만드는 게 적응을 위한 첫 단계가 되기도 한다. 물론 친구를 사귀는 건 뜻대로 되지 않는다. 그럴 때는 묵고 있는 숙소 프런트 직원에게라도 말을 걸어보라. 간단한 스몰 토크를 한 뒤 숙소 명함을 하나 들고 다니면, 무슨 일이 생겼을 때 도움을 청할 구석이 생긴 것이다.

❹ 긴급 상황 대비하기

마지막으로 가장 중요한 것. 여행 전, 메모지에 그 나라의 경찰 번호, 구급 번호, 대사관 번호, 숙소에서 가장 가까운 병원 정보, 재난 상황에 꼭 필요한 회화 몇 마디를 써서 지니고 다니는 걸 추천한다. 핸드폰에 저장해도 괜찮지만, 언제 인터넷이 끊기고 핸드폰을 분실할지도 모르는 일이니, 종이로 가지고 다니는 게 가장 좋다. 추가로 여분의 여권 사진과 여권 사본, 비상시 사용할 현금, 가족이 실시간으로 위치를 확인할 수 있는 소형 GPS가 있다면 무슨 일이 있더라도 대처할 수 있을 것이다. 이렇게 호들갑 떨지 않아도 당신의 여행에 별 탈 없이 좋은 일만 가득하겠지만, 대비를 했다는 것만으로도 안심할 수 있다.

나는 이러한 방법들로 혼자 멀리 갈 힘을 얻었다. 혹시 당신이 떠날 마음은 굴뚝같지만, 엄두가 안 나 이 책을 읽고 있다면 이 4가지를 시작으로 여행을 계획해 보았으면 한다. 한번 사는 인생, 까짓거 제대로 된 모험 한 번 해보자! 더 늙기 전에… 더 늙기 전에…

Gate
02

강렬한 도화지에

택시 기사에 대한 편견

나는 튀르키예에서 유독 기묘하고 불행한 일을 많이 겪었다. 튀르키예가 안 좋은 나라라는 인상을 주고 싶지는 않다. 내가 만난 배낭 여행객 10명 중 9명은 튀르키예가 최고라 말할 정도로 매력적인 나라다. 이 글은 내 주관적인 견해에서 비롯된 이야기라는 것을 유념해 주길 바란다. 어떠한 편견도 갖지 말아 주시길.

근데!

튀르키예 택시 기사만큼은 색안경을 끼고 봐도 좋다. 그 안경이 당신에게 경각심을 심어 준다면 말이다. 그들은 정말… 하나같이 지독했다. 기억에 남는 중요한 사건 하나를 풀어보겠다.

카이세리 공항 근처 호텔 앞이었다. 그때 나는 도착한 직후라 유심이 없어 핸드폰이 먹통이었고 수중에 50유로뿐이었다. 목적지는 카파도키아 괴레메(Goreme). 문제는 호텔 위치를 잘못 잡아 버스터미널까지 거리가 멀었고 우버나 대중교통도 없었다. 그 택시 기사 놈은 호텔 앞에서 발만 동동 구르는 내게 접근해 50유로만 주면, 괴레메 숙소까지 데려다주겠다고 했다. 망설이는 내게 괴레메 버스터미널에 내리면 숙소까지 또 택시를 타야 한다고 덧붙였다. 내가 꽤 완강하게 버스터미널까지만 가자고 하자 그가 대뜸 어느 나라 사람이냐 물었다. 한국이라는 내 대답에 그가 '우리는 형제의 나라야!'라며 친근하게 굴었다. 얕은 술수라 생각할지 모르겠지만 혼자 해외여행을 하다 그런 말을 들으면 마음이 흔들린다. 결국 그 꾐에 넘어가 그의 택시에 탔다.

이 나라 물가를 생각하면 말도 안 되는 금액이다. 튀르키예 택시비는 정말 싸다. 더군다나 터미널에 도착하고도 숙소까지 또 택시를 타야 한다는 그의 말은 거짓이었다. 괴레메는 아주 작은 마을이라 웬만하면 다 걸어서 10분이다. 물론 그에게 당한 건 사전 지식이 없고 부주의한 나의 탓도 있다. 나처럼 바보 같은 관광객을 만난다면 누구라도 바가지를 씌우고 싶은 충동에 시달리겠지. 그럼에도 내가 그놈 얼굴을 잊지 못하는 이유는 따로 있다.

괴레메에 도착하기 10분 전, 그가 갑자기 차를 세웠다. 아주 허름한 건물 앞이었다. 낯선 언어로 된 나무 간판이 있는 걸로 보아 휴게소인 듯했다. 그는 내게 손짓하며 그 건물 안으로 들어갔다. 나는 영문도 모른 채 놈을 따라갔다. 건물 안에는 중년 남성들로 가득했다. 전통 차나 인스턴트커피를 손에 든 그들이 전부 나를 뚫어져라 쳐다봤다. 그 광경이 마치 낮에 꾼 꿈의 한 장면처럼 기묘했다. 그는 가장 안쪽 빈방에서 내게 오라고 손짓했다. 그 방은 해가 들어오지 않아 어두웠고 철제 침대가 즐비해 있었다. 꿉꿉한 곰팡내가 났다. 그는 침대에 걸터앉은 채 옆자리를 톡톡 건드리며 앉으라 했다. 그 모습을 보자마자 도망치듯 밖으로 뛰쳐 나갔다. 뒤따라온 그가 구글 번역기를 이용해 "너 긴장했니? 걱정하지 마. 그냥 쉬다 가자."라고 했다. 나는 목적지까지 10분 거리인데 왜 쉬느냐고 물었다. 그러자 그가 흠칫 놀랐다. 내가 현재 위치를 모를 줄 알았을 것이다. 호텔을 나서기 전 구글 오프라인 지도를 다운받아 놨다. 유심이 없어 인터넷이 안되지만, 그 지역 지도를 받아 놓으면 GPS로 현재 위치를 알 수 있다. 그는 입술을 삐죽이며 번역기에 뭔가를 썼다 지웠다를 반복했다. 고심 끝에 한 문장을 보여줬다.

"나는 딸이 있어."

그러더니 핸드폰 사진첩을 뒤져 중학생 쯤으로 보이는 여자아이 사진을 보여줬다. 그 아이는 분홍색 쫄티를 입고 카메라를 향해 웃고 있었다. 튀르키예에도 '딸 같아서'라는 말이 있나? 순간 내가 큰 오해를 한 게 아닐까 싶어 잠자코 그를 쳐다봤다. 이 방법이 먹혔다!라는 생각인지 의심 받아 기분 나쁘다는 표정인지 알 수 없었다. 한국인과 달리 깊고 진한 인상이라 표정을 읽기 어려웠다. 마치 스페인어나 프랑스어로 된 원서를 펼친 기분이었다. 그래도 그는 내 표정을 읽은 듯했다. 잔뜩 겁 먹은 채 아무렇지 않은 척 입꼬리를 올리며 고개를 젓자 그가 다시 차에 시동을 걸었다. 돌아가는 10분 동안 그는 아무 말도 하지 않았다.

숙소 근처에 왔을 때서야 그가 본색을 드러냈다. 처음에는 친절한 미소와 함께 공항으로 돌아가는 날짜를 알려달라고 했다. 정해진 게 없다고 하자 점점 언성을 높였다. 계속해서 거절하자 약속을 잡기 전까지 갈 수 없다고 윽박질렀다. 나는 무서웠다. 등줄기에 식은땀이 흘렀다. 일단 뒷좌석 창문을 열어 지나가는 사람이 쳐다보게 했다. 그리고 얼른 50유로를 꺼내 그에게 쥐어주며 이제 그만 가라고 단호하게 말했다. 그제서야 나를 숙소 앞에 내려주고 그가 사나운 엔진소리를 내며 사라졌다.

괴레메 숙소에 무사히 도착했건만 한동안 가슴이 진정되지 않았다. 그가 이 숙소 앞으로 또 찾아올까 봐 두려움에 떨어야 했다.

그 뒤로 이스탄불에서도 택시 기사와의 기싸움이 계속 됐다. 그들이 돈을 뜯는 방법은 각양각색이다. 교통체증을 핑계로 길을 뺑뺑 돌아가서 추가 요금을 받는 경우는 그나마 양심 있는 편이다. 어떤 나이 든 택시 기사는 대놓고 돈을 더 달라며 떼를 썼다. 그냥 내리려고 하면 차 문을 잠그고 액셀을 밟아버린다. 왜? 왜 더 줘야 하는데? 라고 따져봤자 소용없다. 그냥 달라 이거다. 심지어 목적지까지 데려다주지도 않았다. 도로가 버젓이 있는데도 갈 수 없다고 못 박아 버리면 그만이다. 나중에는 이번엔 어떤 수를 쓸까 기대하는 지경에 이르렀다. 카드 단말기가 고장 났다고 거짓말하다 현금이 아예 없다고 하자 슬쩍 기계를 꺼내 들었던 기사가 제일 웃겼다. 그땐 비행시간이 임박해서 일단 카드를 긁고 내렸는데, 뒤늦게 금액을 확인해 보니 원금의 두 배나 받았다.

택시 앱이라고 다를 건 없다. 어느 나라를 가도 기사와 매칭되면 차가 움직여 고객이 있는 데까지 온다. 그러나 튀르키예는 다르다. 분명 근처에 있다고 뜨는데 아무리 기다려도 오지 않는다. 참다 참다 직접 차가 있는 곳으로 가보면 기사가 차를 세워두고 동료들과 떠들고 있다. 나를 보고 어 왔어? 하며 손을 흔들고는 그제야 운전대를 잡는다. 되게 황당한데 때때로 재밌는 상황이 벌어진다. 한 번은 우버 기사와 추격전을 벌였다. 앱에 움직이는 차 아이콘을 보며 번잡한 거리를 달렸다. 마치 범죄자를 쫓는 형사가 된 기분이었다. 안타깝게도 놓쳤지만, 은근히 스릴 있었다.

튀르키예에서 마지막 날, 와인을 마시러 갔다. 그간의 여행을 돌아봤을 때 가장 먼저 떠오르는 건 역시나 첫날 괴레메에서 만났던 그 택시 기사의 얼굴이었다. 야경이 내려다보이는 레스토랑에서 와인을 홀짝거리며 '튀르키예 택시 기사'에 대한 정보를 찾아봤다. 가장 두드러지는 부분을 파보면 이 사태를 이해할 수 있지 않을까 싶었다. 미국 최대 커뮤니티 사이트 'Reddit'에 '튀르키예 택시 기사'에 대한 증언이 무수히 쏟아졌다. 내가 겪은 일은 양반이었다.

'앱으로 차를 불렀지만, 도착 전에 매칭을 취소하고 원금액 3배에 달하는 돈을 요구했다.', '험악한 택시 기사가 돈을 내놓으라며 협박하는 바람에 고속도로에서 1시간 반 동안 갇혀 있었다.', '내가 가 본 64개 국가 중 이 정도로 최악의 택시 경험은 없었다.' …

더 깊게 파고들어 보니 택시 업계의 구조적인 문제가 심각하다는 자료가 있었다. 평균 소득은 적고 기사가 지급해야 할 택시 대여비는 비싸서 부수적인 수입이 필수라고 한다. 불안정한 경제 상황도 마찬가지다. 에르도안 대통령이 소비 장려 정책으로 금리를 대폭 인하하자, 인플레이션이 치솟고 자국 화폐는 급격히 떨어졌다.

튀르키예 속담 중 "까마귀를 길러주면, 네 눈을 쪼아 먹을 것이다"라는 말이 있다. 선의가 항상 좋은 결과로 돌아오지 않는다는 의미다. 불안정한 이곳 사회에서는 이 속담이 하나의 생활 원칙처럼 작용할지도 모른다. 그 택시 기사도 처음에는 까마귀를 기르듯 내게 잘 해줬었다. 주유소에 들러 물과 초콜릿을 사주고 번역기로 한국인에 대한 칭찬을 늘어놓았다. 현금이 필요한 나를 위해 ATM을 찾아 줬고, 중간에 풍경이 멋진 곳이라며 멈춰 서서 바람을 쐬게 해줬다. 결국 마지막엔 나의 눈을 쪼아 먹었지만, 그럼에도 나는 그가 보여준 작은 친절만 떼어 보관하기로 했다. 그렇게 하면 적어도 남은 내 마음을 지킬 수 있다. 여행 중에는 이런 사고 회로가 필요한 듯하다.

와인을 다 비울 때쯤 오고 가며 말을 걸던 직원이 튀르키예 전통 음식 디저트를 내왔다. 바닐라 아이스크림과 바삭한 패스추리, 피스타치오 가루까지 뿌려진 '바클라바(baklava)'다. 달고 맛있어서 녹아내렸다. 아이참, 이러면 또 다 용서가 되는데~ 하며 나가는 길, 영수증을 보고 다시 속이 끓어올랐다. 서비스라면서요. 디저트값은 왜 받으셨는지….

여행의 공기 Ep 8.

우주 비행사 닐 암스트롱은 카파도키아(Kapadokya)를 여행한 후 이렇게 말했다.

"진작 여기에 와 봤더라면 굳이 달에 갈 필요가 없었을 텐데…"

참 기막힌 표현이다. 괴레메 전망대에 서서 웅장한 파노라마를 보고 있으면 이곳이 지구라는 사실을 잊게 된다. 약 3백만 년 전, 화산 폭발과 지진 활동으로 형성된 이곳 괴레메는 암석군 지대다. 나무 하나 없는 허허벌판에 각기 다른 지층이 얽혀 있다. 용암과 화산재가 섞이면 검고 단단한 현무암이 되고 분말 상태로 날아와 굳으면 무르고 밝은 색의 응회암이 된다. 응회암은 비교적 부드러운 암석이라 바람에 깎여 날아간다. 바람의 섬세한 손길로 조각된 응회암을 보고 있으면, 햇빛에 녹아내린 버터 스카치 아이스크림이 떠오른다. 나는 모래바람을 우두커니 맞으며 카파도키아의 정취를 느꼈다. 척박하지만 조용한 바람이 흘렀다. 이곳의 공기에는 시간이 만든 가루가 섞여 있다. 세월이 내 콧속에서 실체가 되었다. 다소 더러운 비유일지 모르겠으나, 깜짝 놀랄 만큼 빠르게 코딱지가 쌓였다. 튀르키예에 있는 12일 동안 생긴 코딱지를 한데 모았다면 조그마한 잉크병 정도는 채웠을 듯하다.

사실 나는 괴레메에서 꽤 고생했다. 여러 이유가 있었지만 가장 큰 원인은 음식이었다. 대부분의 음식이 짰고, 이상하게도 속 편한 것이 하나도 없었다. 꾸역꾸역 먹고 나면 배가 아팠다. 그게 문제였다. 괴레메에서 보낸 일주일 동안 인생 최저 몸무게를 찍었다. 39kg에서 38kg 정도로 추정된다. 기력이 달려 조금만 오래 걸어도 어지러웠고, 거울 속 내 모습이 안쓰러워 보일 정도로 빼빼 말라갔다. 게다가 음식값도 만만치 않았다. 괴레메가 관광지라는 걸 감안해도 비싼 편이었다. 가격이 어찌나 자주 오르는지, 식당 메뉴판이 수정하기 쉬운 화이트보드 재질이었다. 구글맵 후기를 보면 3, 4년 전과 현재 가격 차이가 확연했다.

식비가 부담스러워 숙박비라도 아껴야 했다. 그래서 비교적 저렴한 호스텔을 택했다. 응회암을 깎아 만든 동굴 형태의 숙소였다. 하루 2만 원 남짓한 10인 도미토리 방이었는데, 지하에 있어 드나들 때마다 어쩐지 심란했다. 설상가상 창문 바로 앞에는 공사장이 있었다. 오전 7시부터 오후 6시까지 인부들의 다리가 창문 위로 오갔고, 고막을 찢을 듯한 소음이 하루 종일 이어졌다. 모래바람과 시멘트 가루가 방 안으로 밀려들어 오면 공기가 뿌옇게 변했다. 사흘쯤 지났을 때 몸 상태가 눈에 띄게 나빠졌다. 건조한 공기 탓에 목이 부어올랐고 기침이 심해졌으며 두통까지 겹쳤다. 그래도 끝까지 버텼다. '돈 없을 때 들이마실 수 있는 공기니까, 싱싱한 20대 폐로 걸러주겠어.' 괜한 오기를 부리며 스스로를 달랬다.

신선한 공기를 찾아 밖으로 나가도 상황은 크게 다르지 않았다. 이곳은 거리 어디에서나 모래바람이 불었다. 풍경을 감상하라며 창문을 활짝 열어둔 카페에 들어가면 테이블 위에 먼지가 소복이 쌓여 있었다. 내가 물티슈로 테이블을 닦자 점원은 객쩍은 웃음을 지어 보였다. 처음에는 청소를 안 하는 줄 알았다. 하지만 그게 아니었다. 아무리 자주 닦아도 먼지는 눈 깜짝할 사이 다시 내려앉았다.

무라카미 하루키는 여행의 본질이란 공기를 마시는 일이라고 했다. 기억은 사라져도 여행할 때 들이마셨던 그 나라의 공기는 오랫동안 몸속에 남는다며. 도시는 내게 풍경보다

먼저 공기로 도착했다. 낯선 곳에 처음 발을 들인 순간에는
새로운 어항으로 이주한 금붕어가 물맞댐을 하듯, 숨을 크게
들이마셔본다.

항구의 무겁고 비릿한 바다 냄새가 내륙으로부터 멀리 왔
다는 것을 알려주거나, 길거리 팟타이 볶는 기름냄새와 고수
향이 코끝을 꼬집어 식욕을 돋군다. 어느 겨울에는 들개의
털과 콘크리트 파편, 노파가 집에서 담근 포도주 향이 있고,
광장에는 마차를 끄는 말 발굽의 쇠냄새와 분수의 물 비린내
가 파란 하늘에 떠다닌다. 그 모든 향과 풍경의 입자가 폐부
깊숙한 곳에 박히면 그 나라를 온몸으로 기억할 수 있다.

괴레메의 공기는 유독 오랫동안 내 안에 남아있었다. 그
속에는 하늘이 가장 신선할 때 날아오르는 색색깔 열기구,
머리가 띵 할정도로 다디단 터키쉬딜라이트가 함께 있다. 아
아, 눈만 감으면 떠오르는 세계들. 공기의 다채로운 색. 사진
은 흐려지고 기억은 틀리지만, 들이마신 공기만은 나를 속인
적 없다. 내가 들이킨 것이니 내 삶을 이루는 층위가 될 것이
다. 그럼 나는 결 따라 숨 쉬는 재미로 한동안 버티겠지. 적
어도 다음 계절까지는.

위로를
잘 못 합니다

위로를 잘 못 합니다. 누군가가 마음을 털어놓을 때, 듣는 건 자신 있어도 어떤 말을 해야 위로가 될까 고르다 기회를 놓쳐버립니다. 이 말은 주제넘지 않을까, 이건 별로인가… 자려고 누우면 툭 하고 정답 같은 말이 튀어나오곤 합니다. 그래서 여러분에게 건넬 위로도 쉬운 말 하나 없네요.

지극히 개인적이지만 제가 힘들 때 쓰는 방법을 주저리주저리 말해볼게요.

마음을 볕에 말리고 싶다는 생각이 들면 명상을 합니다. 호흡을 가다듬고 생각을 비우고… 잘 알려진 명상법이 아니라 마음속까지 도달하기 위한 의식에 가깝습니다. 몇 가지 단계를 거쳐야 합니다.

① 편안한 자세를 찾으세요. 저는 아무것도 없는 바닥에 누워 힘을 뺍니다.

② 숨을 크게 들이마시고 내쉬며 방 안에 들리는 작은 소리에 집중하세요. 아무 소리도 들리지 않는다면 자신의 호흡 소리를 들으면 됩니다.

③ 눈을 감으세요. 검은 시야를 도화지라 생각하고 지금 떠오르는 것 아무거나 구체화해 보세요. 사과가 떠오른다면 빨간색인지 초록색인지 줄기에 붙어있는지, 개가 떠오른다면 품종이 뭔지 더러운지 깨끗한지 등등 세밀하게 그려보세요.

④ 상상력이 일시적으로 올라갔을 때, 어느 숲속을 하나 떠올리세요. 축축한 이끼 바닥, 송진 향, 새소리, 습하고 시원한 공기… 어떤 숲이든 상관없습니다. 당신만의 숲속을 걷고 있다고 상상하세요.

⑤ 걷다 보니 작은 오두막이 나옵니다. 지붕과 문, 문고리까지 전부 나무로 된 집을 떠올리세요. 문을 열고 나가면 당신의 마음속으로 들어갈 거예요. 심호흡하고 천천히 문고리를 당기세요.

뭐가 보이시나요? 뭐든지 간에 마음속에 입성한 것을 축하합니다. 극도의 상상력을 끌어올린다면 충분히 가능합니다. 저는 제 마음속에 해변이 있었어요. 아주 하얗고 고운 모래와 어두운 바다가 끝도 없이 펼쳐진 곳이었습니다. 잔잔한 파도가 치는 곳에 앉아 수평선을 오래 바라봤습니다. 끼익, 하며 심장 부근에 문이 열리더군요. 작은 새가 드나들 정도로 좁은 공간에 참 많은 게 쌓여 있었습니다. 욕심, 허영, 질투, 열등감, 불안, 시기, 미련, 후회… 다닥다닥 붙은 것을 떼어내 바다에 버렸습니다. 파도를 타고 천천히 멀어지는 그것들을 오래도록 바라봤어요. 다 사라진 것을 확인한 뒤 그 해변을 떠났습니다. 눈을 뜨고 다시 현실로 돌아오니 마음이 한결 가벼워졌어요. 일요일 오후 이불 빨래를 한 것처럼 개운했습니다.

물론 이 방법은 정말 힘들 때는 쓸 수 없습니다. 그때 제 마음을 들여다보는 것만큼 무서운 일은 없으니까요.

그럴 때는 '자기합리화'를 해보세요. 내가 나를 합리화하는 거, 타인에게 피해를 주지 않는 선이라면 좋은 기능을 합니다. "어쩔 수 없었어."라는 말로 시작해 보세요. 자존감이 극도로 낮아졌을 때는 내가 나를 합리적으로 바라봐 주는 시선이 필요합니다. 뭐, 어떻습니까. 혼잣말로 하고 아무도 못 듣게 하세요. 말하는 게 민망하면 종이에 쓰고 찢어서 버리세요. 이 세상에 혼자 남겨진 듯 고독한 그 순간에도 나는 나 자신과 함께 있는걸요. 그걸 잊지 마세요. 내가 내 편이 되어 주어야 합니다.

마지막으로 이것도 저것도 다 통하지 않았다면… 도망치세요! 당장 도망치는 겁니다. 물리적으로 그곳에서 도망가 낯선 곳으로 떠나도 좋고요, 현실적으로 불가능하다면 정신이라도 뚝 떼어내 멀리 던져버리세요! 저 먼 미래로, 혹은 가장 행복했던 과거로. 어디든 좋습니다. 다 싫다면 우주로 가세요. 커다란 우주복을 입고 지구를 뒤로한 채 떠나보세요. 자기 모습을 내려다보며 '흥, 고작 우주 먼지 주제에 뭐 저리 심각해?'라고 비웃어보세요. 도피는 때때로 좋은 특효약이 됩니다.

더 멀리 가는 사람이 이기는 거예요. 자, 출발…!

괜찮습니다. 괜찮아질 거예요. 다 괜찮습니다. 뭐 어떻습니까.

나는 튀르키예 전과 후로 나뉜다

튀르키예에서 여권을 잃어버렸다.

공항으로 가기 직전 숙소 복도에서 짐을 정리하는데, 늘 여권을 넣어두던 주머니가 텅 비어 있었다. 나는 캐리어 속에 깃든 악령을 물리치는 퇴마사처럼 짐을 미친 듯이 파헤쳤다. 내용물을 다 꺼낸 뒤 속 주머니까지 뒤집어 깠다. 없었다. 아무리 찾아봐도 없었다. 카페인 원액을 들이켠 것처럼 심장이 쾅쾅 뛰더니 현기증이나 바닥에 주저앉았다. 생각해보니 벌써 며칠째 여권을 꺼낼 일이 없었다. 이스탄불 백화점에 갔을 때도 여권을 가져가지 않아 사진으로 면세를 받았으니까.

이스탄불 여권 분실 사건. 이것을 내 여행 인생 통틀어 최악의 사건으로 뽑겠다.

슬로베니아행 비행기 표는 50만 원이었다. 변경 가능 티켓도 아니었다-모든 게 최저가로 이루어진 여행이다-급하게 변경 옵션을 확인해 봤지만, 무려 200달러나 더 내야 했다. 그마저도 당장 할 수 없었다. 나라마다 규정이 달라 긴급 여권으로도 입국이 가능한지를 우선적으로 확인해야 한다. 현지 대사관을 통해 긴급 여권 입국 가능 여부를 묻자 1시간가량 기다리라는 답변이 왔다. 결국, 비행기가 뜨고 난 시점에 슬로베니아에 긴급 여권으로 입국할 수 있다는 사실을 전해 받았다.

자, 이때까지만 해도 나는 이 끔찍한 상황을 최대한 긍정적으로 바라보려 노력했다. 그래, 일단 이스탄불 대사관에 가서 재발급받으면 돼. 어쩌면 돈으로 해결할 수 있는 일이라는 게 다행이지. 이런 식으로 계속 혼자 중얼거렸다. 무의식에서 튀어나온 제2의 자아가 하는 말인 듯했다. 그 순간 내게 이런 말을 해줄 사람이 필요했다. 비록 내가 한 말이지만 귀로 전달되자 정신을 차릴 수 있었다.

긴급 여권을 발급받으려면 두 가지 준비물이 필요했다.

'여권 발급 수수료'와 여권을 분실한 지역 내 경찰서에서 발급받을 수 있는 '여권 분실 신고서'

나는 숙소에서 15분 거리에 있는 경찰서부터 찾아갔다. 이스탄불 경찰서는 두려울 정도로 삼엄했다. 철장 문을 통과

하면 유리 부스 안에서 경찰이 경비를 서고 있다. 조심스레 다가가 여권 분실 신고서를 발급받으러 왔다고 하자 경찰관이 단호하게 고개를 저었다. 그들은 내게 통역사 없이 아무것도 발급해 줄 수 없다고 못 박았다. 튀르키예어 통역사를 어디서 구해요? 라며 발을 동동 굴러도 소용없었다. 나는 경찰관 핸드폰을 빌려 대사관에 전화했다. 그러자 분실 신고서는 대사관에 와서 작성해도 좋으니, 발급비만 현금으로 준비해서 오면 된다고 했다. 애초에 호스텔에서 전화를 빌려 미리 물어봤다면 여기까지 올 필요도 없었다. 해외에서 이런 상황이 터진 게 처음이라 잔뜩 당황해서 무작정 경찰서부터 찾아간 것이다

이번에는 ATM기를 찾아 돌아다녔다. 마지막 날인줄 알고 가진 현금을 탈탈 털어 쓴 바람에 지갑이 텅 비어 있었다. 21인치 캐리어가 걸음을 늦추고 10kg 배낭이 어깨를 짓눌렀지만 걸어야 했다. 어제 아침에 내 배를 채워준 카이막 맛집을 지나쳤다. 오늘도 인산인해다. 골목마다 걸려있는 빨간 튀르키예 국기가 바람에 펄럭였다. 그 국기를 보며 나에게 왜 이리 잔인한 거냐 소리치고 싶었다. 여권이 사라진 건 네 잘못이야 라는 대답이 돌아오겠지. 서러운 마음을 누르며 앞만 보고 걸었다.

대로변을 건너 ATM기로 갔다. 체크카드를 넣고 금액란에

당시 한국 돈으로 6만원 상당인 1,400리라를 입력했다. 그런데 돈을 인출할 수 없다는 문구가 뜨더니 체크카드를 뱉어냈다. 옆 칸 다른 기계에 다시 카드를 넣어보았다. 이번에는 아무런 문구도 뜨지 않았다. 이것저것 버튼을 눌러보았다. 기계는 반응이 없었다. 어떤 버튼을 눌러도 내 체크카드가 돌아오지 않았다.

이 망할 ATM기가 내 체크카드를 홀랑 처먹은 것이다.

나는 이 상황을 믿을 수 없었다. 실소가 터져 웃다가 눈앞이 또 흐려졌다. 하지만 아까와 다른 느낌이었다. 이제는 눈물이 고였다. 주먹으로 땅바닥을 치며 소리 내어서 울고 싶었다. 그럴 수 없었다. 다리가 후들거려 바닥에 주저앉았다. 눈앞에 각자 목적지를 향해 가는 행인들의 다리가 보였다. 그 수많은 다리는 빠른 걸음으로 바쁘게 움직였다. 나를 도와주려 걸음을 늦추는 다리는 없었다. 내가 아는 다리도 없었다.

바로 이 순간부터 나는 정신을 잃었다. 눈을 뜬 채 걷고 있었지만, 나의 정신은 저 멀리 어딘가 편안한 곳을 찾아 도망갔다. 이 몸에 오는 충격을 더는 받아들일 수 없다는 듯이. 내 정신은 꽤나 화를 내고 떠났을지도 모른다. 너무한 거 아니야? 이걸 다 한꺼번에 감당하라고? 난 잠시 파업을 선언하겠어.

잘 기억나지 않는다. 어쩌다 보니 다른 카드로 현금을 인출했고, 택시를 타고 있었다. 폐의 30%만 사용해 숨을 쉬고 있는 듯했다. 택시 좌석에 몸을 반쯤 누인 채 천장을 응시했다. 텅 빈 머릿속에 깜빡이던 단 하나의 문구는 '아무것도 할 수 없어'였다. 그러자 내가 갑자기 노래를 흥얼거렸다. 아주 희미한 목소리로 김광석의 '바람이 불어오는 곳'을 불렀다. 그때는 왜 갑자기 노래를 불렀는지 몰랐다. 이제 와 생각해 보건대, 그 노래는 오래전 산티아고 순례길을 걸을 때 내가 늘 불렀던 노래다. 나의 뇌는 본능적으로 가장 행복했던 순간을 의미하는 노래를 떠올렸다.

"바람이 불어오는 곳, 그곳으로 가네

꿈에 보았던 길, 그 길에 서 있네"

이 부분만 반복해서 불렀던 것 같다. 그러다 보니 대사관 앞에 도착했다. 택시 기사는 어김없이 더 많은 돈을 요구했고, 나는 아무 지폐나 꺼내 쥐여주며 가지라 했다. 하나도 아깝지 않았다.

주이스탄불 대한민국 총영사관은 곧 폐교를 앞둔 학교 행정실처럼 차갑고 황량한 분위기였다. 내 마음이 그래서 그런 기억으로 남았을지 모르겠다. 그래도 눈앞에 한국인이 보이자 목구멍이 뜨겁게 달아올랐다. 곤경에 처한 고담시티 시민이 배트맨을 바라볼 때 이런 기분이었을까. 영사과 직원은

붉어진 눈시울과 거의 울 듯한 목소리로 "여권을 잃어버렸어요…"라고 말하는 내게 작성할 서류를 건네줬다. 하지만 아직 안심할 수 없었다. 내가 가져온 증명사진이 여권용 사진이 아니라서 쓸 수 없다는 것이다.

"여기서 좀 떨어진 곳에 이스티클랄 거리가 있거든요. 거기 사진 스튜디오 가서서 여권용 사진 찍어 오셔야 해요. 이 사진은 배경색이 흰색이 아니라 안돼요."

메인 퀘스트 하나 하자고 이렇게 많은 서브 퀘스트를 해결해야 한다니? 믿을 수 없었다. 나는 뭐라 할 말이 없어 입만 뻐끔거리다 결국 스튜디오를 찾아갔다.

이스탄불 거리를 걷다 보면 눈과 귀가 쉴 틈이 없다. 오토바이, 택시, 승용차, 버스, 트럭, 트램 등 인간이 탈 수 있는 모든 교통수단으로 점철된 도로가 끝도 없이 펼쳐져 있다. 지금 이 순간만큼은 그 소음이 개탄스러운 내 마음을 대변해 주었다. 스튜디오에 도착했다. 사진 작가는 종로 카메라 상점 구석에 몇년 동안 방치됐을 법한 캐논 카메라를 들고 나를 바로 세웠다. 하루 종일 움츠러들어 있던 어깨가 처음으로 펴졌다. 그는 별 말 없이 찰칵 찰칵, 두 번 찍고 나에게 뷰파인더를 보여주었다. 그걸로 해요. 그의 눈이 커다래졌다.

"Are you sure?"(확실해요?)

"Yes."(네.)

"…You look unhappy. Smile. Smile."(당신 행복해 보이지 않아요.

웃어야죠.)

나는 스튜디오 벽면에 붙은 스마일 스티커를 힐끔 보고 대답했다.

"I don't wanna smile cuz I'm unhappy!"(웃고 싶지 않아요. 저 안 행복하거든요!)

그는 나의 상황을 짐작했는지 너털웃음을 지으며 두 번째 사진으로 하겠다 대답했다. 나는 아마존 정글에서 구조된 직후의 30대 여성처럼 나온 여권 사진을 들고 다시 영사관으로 돌아갔다. 긴급여권은 정말로 긴급하게 나왔다.

다음 날 나는 무사히 슬로베니아에 입국했다. 이 사건으로 내가 쓴 돈은 120만 원에 달한다. 비행기 표값, 슬로베니아 첫날 숙소비, 이스탄불 호텔비, 여권 발급비, 오며 가며 쓴 택시비, 이스티클랄에서 찍은 여권 증명사진 비용. 아, 거기다 날린 체크카드 하나. 부모님에게 손을 벌려 슬로베니아 여행 자금을 겨우 변통했다. 당시에는 내가 날린 돈을 강박적으로 세어보며 괴로워했다. 배를 곯리며 가장 싼 호스텔만 찾아다니는 배낭 여행객에게 이 정도 손실은 배때기를 칼로 쑤신 것처럼 큰 출혈이었다. 하지만 사건 이후 더 많은 여행을 하고 난 지금, 그건 120만 원보다 더 가치 있는 경험이었다고 생각한다.

나는 튀르키예 전과 후로 나뉜다. 낯선 땅에서 느꼈던 절망감은 아주 강력한 기폭제가 되어 나를 크게 성장시켰다.

마지막으로 충격적인 사실을 털어놓자면…

일주일 뒤 슬로베니아에서 짐 정리를 하다 잃어버린 줄 알았던 내 여권을 발견했다. 그 초록색 여권을 손에 쥔 순간 내 모든 고생이 파노라마처럼 스쳐 지나갔다. 한동안 미친 사람처럼 웃었다. 믿을 수 없어 여권을 몇 번이고 펼쳐보았다. 이스탄불 여권 분실 '착각' 사건으로 정정하겠다. 내 방에는 여권 3개가 나란히 진열되어 있다. 분실 착각 사건의 주인공 구여권과 이스탄불 대사관에서 발급받은 긴급 여권, 그리고 지금 쓰고 있는 신여권. 세 여권을 보고 있으면 내가 누구보다 멍청하게 느껴지지만, 하나는 확실히 안다. 인간은 '이제 돌이킬 수 없다'고 단정하는 마음 때문에 무너진다. 나 자신이 얼마나 못 미더웠으면 여권 하나 잃어버렸다고 거기서 끝이라 절망했을까.

그나저나 아직도 왜! 그때 여권을 못 찾았는지 모르겠다. 분명 모든 주머니를 확인했었는데… 이게 바로 운명의 장난인가? 하하.

뭐…

좋게 좋게 마무리합시다…

히치하이킹 노하우

염치는 잠시 넣어 두고

이 비법이 이제야 나온다. 오래전부터 누군가에게 전수하고 싶었는데, 이렇게 만천하에 공개될 줄은 몰랐다. 다들 집중.

나는 배낭여행 중 의도치 않게 히치하이킹을 많이 했다. 트레킹을 하다가 길을 잘못 들어 어쩔 수 없이 히치하이킹을 한 적은 있었지만, 내가 '히치하이킹을 해야겠다'라고 결심하고 다가간 적은 거의 없다. 그럼에도 불구하고 많이 얻어 탄 비법을 몇 가지 소개하겠다.

❶ 첫 번째, 일명 '좀비 워킹'

히치하이킹이 필요한 곳이라면 대개 외딴 시골길이나 대중교통이 없는 도로일 것이다. 그럴 땐, 한 자리에 서서 엄지손가락만 휙휙 거리지 말고 일단 가야 하는 방향 쪽으로 걸어라.

당신이 운전자라고 생각해 보면 이해하기 쉽다. 운전자

인 당신은, 전방에 걷고 있는 사람을 발견할 것이다. 만약 외딴 길을 걷고 있는 어느 배낭 여행객이 곧 쓰러질 듯한 좀비처럼 터벅… 터벅… 걷고 있다면? 에이, 그냥 지나치자 하고 가려는 순간 허옇게 질린 얼굴을 하고 엄지손가락을 힘겹게 들어 보인다면? 웬만한 인간은 그냥 지나칠 수 없을 것이다. 포인트는 좀비 워킹이다. 그냥 두고 가면 죽겠는데 싶을 정도로 힘겹게 걸어야 한다. 이 방법을 써서 세운 차가 한 두 대가 아니란 말씀.

❷ 두 번째, 히치하이킹도 사람 봐가면서, '커플을 노려라'

이것도 히치하이커의 입장을 떠나서 운전자가 되어보자. 당신은 사랑하는 연인과 차를 타고 어딘가로 향하고 있다. 그런데, 저 앞에 길을 잃은 듯한 배낭여행객이 히치하이킹을 한다.

"자기야, 저기 히치하이킹하나 봐. 우리가 태워줄까?"

"그러자. 일단 어디까지 가는지 물어볼게."

매정하게 거절할 수 있는가? 사랑하는 연인에게 좋은 사람으로 보이고 싶다면 히치하이커를 태워주자고 제안하거나, 그 제안을 받아들이고 브레이크를 밟을 수밖에 없을 것이다. 한국인도 그런지 모르겠는데, 외국인 커플은 대개 그런 경향이 있는 것 같다.

실제로, 내가 히치하이킹에 성공했던 기억을 떠올려보면

대부분 커플이었다. 프랑스인 중년 부부, 젊은 튀르키예 커플, 조지아와 독일 국제 커플, 히스패닉 커플 등 아주 다양했다. 그들은 심지어 내가 걸을 생각인데도 차를 세우고 "태워줄까?"하고 물어보곤 했다. 그러니 히치하이킹을 할 때, 눈에 불을 켜고 운전석을 보다가 커플이다 싶으면 적극적으로 어필하시길. 실패할 확률이 매우 낮다!

❸ 마지막으로 이건 조금 다른 결인데, '당신의 직감을 믿어라'.

용케 히치하이킹에 성공해서 어떤 차가 섰다고 쳐보자. 운전자와 가까이에서 얼굴을 마주 보며 대화했을 때, 어딘가 쎄한 느낌이 든다면 당장 도망가라. 절.대.로. 그 차를 타지 마라. 이건 정말 중요하다. 잔소리처럼 느껴져도 어쩔 수 없다.

나는 프랑스에서 한 번 큰일을 당할 뻔했다. 버스정류장에 앉아 있는데, 어떤 탑차가 앞에 서더니 중동 사람처럼 보이는 남자가 말을 걸었다.

그가 서툰 영어로 더듬거리며 버스가 오지 않을 테니 태워주겠다고 했다. 그때는 시내로 나갈 방법이 없어서 지푸라기라도 잡듯 타겠다고 했는데, 그 남자는 아직 배달할 게 남았으니 5분 뒤에 돌아오겠다고 했다. 그러면서 덧붙이기를, 나를 목적지까지 태워다 주면 키스를 해달라고 했다. 미친 새끼. 처음 봤을 때부터 뭔가 쎄하고 찝찝한 게 이상했다. 그 뒤로 그런 사람을 만나면 말도 섞지 않는다.

Gate 03

돌아온 탕아처럼

돌아온 탕아처럼

에밀리는 없다 Ep 11.

프랑스 파리 15구 사거리에서, 친구 두 놈과 재회했다. 두 사람은 나와 초등학교 동창이다. 우리는 우연히 여행 시기가 맞아 프랑스 여행을 함께 하기로 했다. 이 둘을 O와 K라 부르겠다. O는 잔소리가 많아 가끔 꼴도 보기 싫지만, 낭만이 뭔지 아는 놈이고 K는 빈구석이 많지만, 그만큼 투명한 놈이다. 우리는 만나자마자 회포를 늘어놓았다. 우리가 파리에서 얼마나 고생했는지 알아? 야, 나는 그리스에서 죽을 뻔했어. 길거리에 한국어가 울려 퍼지자, 유럽이 동네 단골 술집으로 변모했다. 15시간에 걸쳐 여기까지 온 게 무색해질 정도로. 만난 지 15초 만에.

파리에서는 에펠탑만 보고 말았다. O와 K는 일주일 전부터 여기 있었고 나는 3년 전에 이미 파리를 여행해서 바삐 돌아다닐 필요가 없었다. 돌아온 탕아처럼 술만 마시다 보니 어느새 떠날 때가 왔다. 우리는 기차를 타고 나의 유일한 외국인 친구 '라우라'를 만나러 프랑스 남서부에 있는 툴루즈 (Toulouse)로 갔다. 라우라와 나는 스페인 산티아고 순례길에서 만났다. 힘든 순례길을 한달 동안 같이 걸으며 가족 같은 사이가 됐다. 그 뒤로 3년간 소식을 주고받다 그녀가 툴루즈에 나를 초대했다. 사실 O와 K는 툴루즈에 가면 프랑스 홈파티를 즐길 수 있다는 말에 딸려 온 거다.

3년 만에 재회한 라우라는 정말이지 그대로였다. 밝은 갈색으로 탈색한 긴 파마머리에 짙은 눈썹, 크고 깊은 눈. 유럽 미술관 작자 미상 인물화에서 본 듯한 얼굴. 키가 크고 뼈대가 굵어 잔다르크 같은 그녀와 길게 포옹했다. 이번에는 15초 만에 3년 전 여름, 산티아고 순례길로 돌아간 듯했다.

라우라네 집은 아담하지만, 뒷마당이 딸려 있어 개방감이 느껴졌다. 그녀는 마당에 캠핑용 의자와 흰색 소파를 배치하고 줄 조명을 달아 파티장을 만들어 두었다. 프랑스 전통 치즈 플래터와 와인을 홀짝거리다 보니 라우라의 친구들이 하나둘씩 모였다. 전부 개성이 강한 프랑스인들이었다. '이태원 클라쓰' 박새로이 머리에 남색 셔츠와 흰 반바지를 입은 중동 재벌처럼 생긴 남자, 아담하고 조금 내성적이며 눈이 마주칠 때마다 미소 짓는 금발 여자, 낮에는 공항 관제탑에서 일하고 밤에는 래퍼로 활동하는 흑인 남자, 나른한 표정으로 조용히 앉아 있는 틸다 스윈턴 닮은 여자… 순식간에 시끌벅적해졌다. 각자 술잔을 부딪치며 자유롭게 마셨다. 한국인이 수적으로 밀리는 상황이지만 모두 프랑스어가 아닌 영어로 대화했다. 우리는 프랑스 발음이 섞인 영어를 알아듣느라 정신이 없었고 놓쳤을 때는 눈빛을 주고받으며 그 뜻을 유추했다. 사람들이 많아질수록 기껏 마신 술이 다 깨버렸다. O와 K가 속닥거렸다. "야, 넷플릭스에서 봤던 파티랑 좀 다르다…" "배고프지 않냐? 얘네는 안주를 안 먹네, 참…"

라우라 말로는 1차로 홈 파티를 하면 2차로 클럽에 가는 게 프랑스 국룰이라 했다. 자정을 넘긴 시각, 술자리를 정리하고 밤거리로 나갔다. 여러 명이서 우버에 몸을 구겨 넣고 클럽으로 향했다. 툴루즈에서 아니 어쩌면 프랑스에서 가장 규모가 크다는 이 클럽은 중심지 외곽에 있어 O와 K가 이러다 납치되는 거 아니냐고 속닥거릴 때쯤 도착했다. 다들 음주 운전을 할 작정인지 주차장이 차로 꽉 차 있었고 입구 옆으로 줄이 길게 늘어져 있었다.

30분쯤 기다렸나? 클럽에 입장하자마자 신세계가 펼쳐졌다. 콘서트홀을 방불케 할 정도로 넓은 공간에 프랑스 힙합 음악이 쾅쾅 울려 퍼졌다. 술 마시며 춤추는 군중 위로 말레피센트처럼 분장하고 뿔에 불을 붙인 여자가 천장에 달린 그

네를 타고 있었다. 여자는 뇌쇄적인 미소를 지으며 모두를 군림하듯 몸을 움직였다. 우리는 적당한 곳에서 칵테일을 마시며 놀았다. 아, 놀았다기보다는 그저 구경했다. 같이 간 프랑스 친구들은 울려 퍼지는 노래를 따라 부르며 즐겼지만, 우리 한국인 트리오는 그루비한 프랑스 클럽 음악에 적응할 수 없었다. 한 번쯤은 아는 노래가 나오지 않겠어 하며 적당히 리듬 타기를 1시간. 지루해서 견딜 수 없을 지경이 됐다. 기껏 유럽 프리미어 리그에 발탁됐건만 중요한 경기에서 벤치 워머로 전락한 기분이랄까. 옆에 있는 라우라도 아는 노래가 없는지 술만 마셔댔다.

"난 프랑스인들이 싫어."

라우라가 입을 삐쭉거리며 말했다. 농담으로 한 말이라 웃었지만, 그녀의 고충을 어렴풋이 알 것 같았다. 라우라는 콜롬비아인이다. 오래 전부터 콜롬비아에 있는 가족들과 떨어진 채 프랑스에 살고 있다. 이제는 괜찮은 직업도 있고 프랑스어도 잘 하고 이렇게 많은 친구와 동고동락 한다. 하지만 마음과 마음 사이, 눈과 눈 사이, 어깨와 어깨 사이에 흐르는 감각으로만 알 수 있는 벽은 그녀도 어쩌지 못하는 듯했다. 매사에 열정적이었던 라우라가 수초처럼 살랑이며 고개만 까딱거리는 모습이 눈에 밟혔다. 외국에 산다는 건 때때로 저렇게 공허한 표정을 짓는 것일까.

새벽 4시쯤, 우리는 라우라가 부른 택시를 얻어 타고 가다 큰길에서 내렸다. 숙소로 돌아가는 길은 오르막 골목길. 잔뜩 취한 우리 셋은 터덜터덜 시끌벅적 걸었다. 그러다 K가 오늘 밤에는 누가 거실 소파에서 잘 건지 정하자 했다. 어제 표면장력 게임에서 진 K가 설욕전을 펼치려는 거다.

"야, 애들아, 신발 던지기 할래?"

"오, 좋다, 좋다."

동네 술집에서 셋이 술을 마시면 집 가는 길에 늘 신발 던지기를 하곤 했다. 차가 없는 골목에 일방통행 글씨를 선 삼아 신발을 멀리 던졌다. 진 사람은 그 옆 아이스크림 할인점에서 고르는 거 다 사주기. 골목 경사도가 높아 낮은 쪽을 바라보고 섰다. 동트기 전 주택가는 조용했다. 지나다니는 차도 사람도 없었다. 운동화를 꺾어 신고 출발선 앞에 섰다. 취해서 비틀거리는 와중에도 우리는 신발을 멀리 던졌다. 마지막으로 K 차례. 클럽 간다고 아끼던 조던을 신어 차마 꺾지는 못하고 어정쩡하게 발을 걸쳤다. 오늘은 꼭 침대방을 차지하겠다며 결의를 다진 K는 젖 먹던 힘을 다해 신발을 던졌다. 그의 조던은 마치 별똥별처럼 빠르게 궤적을 그리며 날아갔다. 그러더니 사라졌다.

"야, 미친, 어디 갔어? 어?!"

O는 그 꼴을 보고 배를 잡고 쓰러졌다. 나 또한 숨도 못 쉴 정도로 깔깔대며 웃었다. K만 심각한 얼굴로 오른발에 신은

하얀 양말이 애처롭게 까매지는 것도 모른 채 조던이 사라진 쪽으로 달려갔다. 이윽고 그가 절규했다. 조던이 어느 집 지붕 위에 올라간 것이다. K는 툭 치면 울 것 같은 표정을 하고는 멍하니 지붕만 바라보았다. 문득 13살로 돌아간 듯 했다. 잠시나마 어른이라는 훈장을 벗어 던지고, 이곳이 프랑스라는 사실조차 잊은 채 어린 시절로 미끄러졌다. 그 밤은 내게 차원이 어긋난 순간처럼 귀하게 남았다. 틈에서 쏟아져 나온 순수함이 지금도 마음 한 켠에서 은은하게 빛난다.

툴루즈를 떠올리면 궁금해진다. 그 집 지붕 위에 아직도 K의 조던이 있으려나. 셋이 모여 거나하게 취한 날이면 아직도 신발 던지기를 한다. 한국은 건물이 높아서 지붕 위에 신발이 올라갈 일 없지만, 한쪽 양말이 새까매질 때까지 골목을 떠나지 않는다. 그래서인지 아직도 선연하게 보인다. 툴루즈의 새벽이.

프랑스의 혈액형 Ep 12.

떠날 때가 왔다. 7일 동안 함께 여행했던 친구들과 기차역에서 작별 인사를 했다. 캐리어를 끌고 가는 두 사람의 뒷모습을 한참 동안 바라봤다. 전광판에 뜨는 그들의 목적지도, 남기고 간 코카콜라도, 어쩐지 눈을 뗄 수 없었다. 다시 혼자가 됐다. 나는 아직 프랑스를 떠날 때는 아니라고 생각했다. 이 나라가 가진 공허한 정서가 내 마음의 결과 닮았다고 느꼈다. 마르세유(Marseille)에 가서 일주일만 더 보내기로 했다.

마르세유는 프랑스와 지중해 연안 최대의 항구도시다. 위치적 특성 때문에 그리스, 이탈리아, 알제리, 모로코, 튀르키예 등 다양한 문화가 모여 다채롭다. 다문화가 건축, 음악, 음식, 예술 등 좋은 것에 영향을 끼친 건 사실이지만, 어두운 이면도 존재한다. 마르세유는 다문화주의에 반대하는 극우

단체가 팽배한 지역이기도 하다. 그래서 '인종차별' 하면 마르세유라는 말이 있다. 그건 사실이다. 내가 직접 경험했다.

　도착한 첫날, 커피를 마시러 번화가 거리가 있는 항구 쪽으로 갔다. 나는 파란색 라탄 의자가 돋보이는 레스토랑 야외 좌석에 앉았다. 1시간쯤 앉아 있다가 나를 담당하던 직원에게 계산서를 달라고 했다. 머리를 포니테일로 묶고 안경을 쓴 여자 직원이었다. 그녀는 미소 지으며 조금만 기다리라고 했다. 10분이 지났다. 계산서 요청은 보통 1분도 안 걸린다. 직원이 바쁜가 해서 예의주시했다. 가만 보니 쓸데없이 돌아다녔다. 테이블 세팅을 한다든가 레스토랑 안에서 다른 직원과 시시덕거린다든가. 40분 뒤, 더는 참을 수 없어 직원을 불렀다. '저기요? 계산서 달라고 말했는데요'라고 하니 알고 있었다는 듯 빠르게 고개를 끄덕였다. 그녀는 레스토랑 안으로 들어가 곧장 카드 리더기를 갖고 나왔다. 그 와중에 맞은 편 할아버지에게 먼저 가 계산을 마치고 내게 왔다. 내가 말없이 노려보자, 그녀가 살풋 미소 지었다. '아, 요즘에는 이런 식으로 인종차별을 하는구나.' 그때는 몰랐다. 길에서 묻지마 폭행을 당해야 인종차별인 줄 알았다. 지금 나에게 그런 일이 생긴다면 계산이고 뭐고 빠뜨롱(사장) 나오라 소리칠 텐데…

솔직히 말하면 나는 마르세유에서 여행할 의욕을 잃었다. 구글 평점 2.1점대에 '절대 오지 마세요. 매우 더럽고 바퀴벌레 천지에요.'라는 평이 달린 숙소에서 지내서만은 아니었다. 기차역, 골목 등 곳곳에서 심한 악취가 났다. 길거리 쓰레기통 옆에는 마약 주사기가 굴러다녔고 마르세유 건축물이 내게 좋은 인상을 줄 만큼 아름답지 않았다. 해변도 마찬가지였다. 먹구름이 가득 껴서 황량한 기운만 맴돌았다. 파도는 광활한 해변에 끝도 없이 몸을 부딪쳤다. 하얀 포말이 의미 없이 생겨났다 사라졌다. 지금도 내 기억 속 마르세유의 해변은 흑백 필터를 끼운 사진처럼 남아있다. 혼자 앉아 있는 내게 다가왔던 거위 부리만 분홍색으로 칠해져 있다.

길거리를 걷다 보면 누군가 내게 소리친다.

'칭챙총!'

'니하오마!'

10유로에 가까운 잔돈도 전부 1,2유로 동전으로 줘서 여기 있는 동안엔 걸을 때마다 짤랑이는 소리가 들렸다. 맥줏값도 현지인보다 두 배로 들었다. 같은 값을 내고 같은 생맥주를 주문해도 나에게만 카푸치노를 연상케 하는 맥주를 준다. 거품이 반이라 몇 모금이면 바닥이 보인다. 아, 물론 프랑스어도 잘해야 한다. 그들은 프랑스에서 프랑스어를 해야지 왜 영어를 쓰느냐고 몰아 세운다. 나는 습관처럼 아무렇지 않은 척 한다. 그렇게 하면 아무렇지 않은 것처럼 보일까

해서.

　프랑스를 혼자 여행하며 수 많은 '척'을 했다. 그들에게 섞여 즐거운 척, 짜디 짠 파스타가 맛있는 척, 한국으로 돌아가고 싶지 않은 척, 속은 천불이 나는데 괜찮은 척, 그들과 눈이 마주쳤을 때 웃는 척, 말을 잘 알아들은 척… 유독 이곳에서 익숙한 척을 하는 나를 발견했다. 그들이 나를 배척할수록 나는 더욱더 프랑스인처럼 굴었다. 그런 나 자신이 싫었다. 약한 나를 지키기 위한 방어 도구가 고작 '척'이라니. 금방 깨질까 두려웠다.

　그 생활을 닷새 동안 지속하자 지나가는 사람도 경계하는 지경에 이르렀다. 나는 피하기 급급했다. 거리를 구경하러 나가서는 헤드셋에 귀를 묻고 땅만 보고 걸었다. 그렇게 좋아하는 골목 바에 갈 용기도 없었다. 나와 닮아있다 믿었던 이곳의 혼탁한 공기가 싫어졌다. 무심한 표정, 오래된 가죽 재킷, 길거리에서 먹는 빵, 봉주르. 그 모든 것이 싫어졌다. 내 흐릿한 마음을 그대로 투영하는 듯해서 신선하고 따뜻한 것이 간절해졌다.

　밤마다 정상 범위를 벗어난 외로움이 나를 공격했다. 잠이 오지 않았다. 낡은 철제 침대 2층에서 움직이면 밑에 있는 사람은 지진이 난 것처럼 흔들리기 때문에 마음껏 뒤척일 수도 없는 노릇이었다. 결국, 난 빳빳하게 말린 노가리처럼 누워 뜬눈으로 밤을 지새웠다. 5일째 되던 날 밤, 내 마음속 어딘가 툭 뚫린 구멍에서 뭔가가 빠져나가는 듯했다. 아찔한 느낌이 드는 가슴께를 부여 잡았지만 막을 수 없었다. '내일 아침 동이 트면 당장 마르세유를 떠나야지.' '아예 프랑스를 떠나버릴까?' 비행기 티켓 사이트를 기웃거리다 결제창까지 가서 멈췄다. 이 외로움은 어디든 나를 따라붙을 듯했다. 생각해보면, 내가 지금 프랑스에 와 있는 이유 또한 도피가 아닌가.

도망친 곳에서 또 도망을 친다? 그건 내 자존심이 허락하지 않았다. 까짓꺼 프랑스가 내 마음을 충족할 혈액형이 아니더라도 일단 수혈 받자. 부작용을 이겨내면 오히려 강한 면역이 생길지도 몰라.

세상에는 도망쳐선 알 수 없는 일이 많다. 이대로 마르세유를 떠나면 이곳은 내게 영원히 나쁜 도시로 기억될 것이다. 녹슨 수로처럼 비릿한 암적색 액체가 나의 맥박을 느리게 했지만, 버텨보고 싶었다. 혹시 지금 빠져나간 것이 피가 아니라 묵은 고름이라면 이제 곧 새살이 차오를 것이다. 딱 이틀만 더 마르세유에 있기로 했다. 대신 외로움을 정면으로 마주본 채로.

파란색은
믿음의 색이야

이곳은 마르세유 다운타운의 술집이다. 나는 한 프랑스 남자와 함께 야외 테이블에 앉아 있다. 그의 이름은 아서, 98년생으로 나와 동갑이다. 헤이즐넛 색이 섞인 푸른빛 눈동자와 얇고 밝은 갈색 머리칼이 돋보인다. 얼굴에 점이 많아서 이어보면 마치 별자리 같다. 프랑스어 발음이 섞인 영어를 구사하지만, 캐나다에서 유학한 경험이 있어 유창하다. 내가 아는 정보는 이게 전부다.

나는 이 만남이 오래 가지 않을 걸 알고 있었다. 그래서 더 긴장했다. 자꾸 머리카락을 넘기고, 눈이 마주치지 않게 허공을 바라보고, 볼 안쪽 살을 잘근잘근 씹으며 그와 맥주를 마신다.

"사실 나도 지금 정신이 없어. 너처럼 여행하는 느낌이야.

어제 말했지? 마르세유로 이사 와서 영화과에 입학한 지 얼마 안 됐다고."

그가 말했다.

"응, 기억나. 오늘 한국 영화에 대해 배운다고 했지?"

"맞아! 그러고 널 만나니까 신기하다."

우리는 어제 우연히 기차역에서 만났다. 그가 길을 헤매던 나를 도와줬고, 나는 그에게 첫눈에 반했다. 기차에 타기 직전 용기를 내 그에게 만나자 했고, 그가 흔쾌히 내 제안에 따랐다. 나는 내일이면 마르세유를 떠나 다른 도시로 갈 계획이라 이곳에서의 마지막 저녁을 그와 함께 보내게 됐다. 낮에 봤던 그의 말간 얼굴을 다시 보니 마음이 부풀었다. 그는 내가 꿈에서만 그리던 이상형과 가까웠다. 넷플릭스 하이틴 드라마 주인공으로 나와도 손색없는 얼굴… 확실히 미남이다!

"나도 영화 좋아해. 사실 어릴 때 배우가 꿈이었거든."

"정말? 와… 이런 우연이 다 있네. 제일 재밌게 본 영화가 뭐야?"

〈기생충〉, 〈오징어게임〉, 〈아가씨〉, 〈올드보이〉. 그는 내가 대는 유명한 영화와 드라마를 전부 재밌게 봤다고 대답했다. 특히 〈아가씨〉 얘기를 하며 우리는 열을 올렸다. 나는 한시도 눈을 뗄 수 없는 신선한 전개에 놀랐다 했고, 그는 매혹적인 미장센에 빠져 세 번 이상 본 영화라고 했다. 영화 얘기로 아이스 브레이킹에 성공한 그는 내게 한국인과 대화하는 게 처음이라며 평소 궁금했던 걸 전부 물어봤다. 이것은 기억나는 대로 추린 아서의 질문 목록이다.

- 한국 문화와 프랑스 문화의 가장 큰 차이점이 뭐라고 생각하는가?
- 한국인 시선으로 프랑스를 봤을 때 어떤 감정을 느꼈나?
- 북한에 대해 어떻게 생각하는가? 아, 물어봐도 되나?
- 지금 한국 대통령이 나랏일을 잘하고 있는가? 매우 그렇다, 그렇다, 보통이다…

그 모든 질문에 대답하다 보니 그가 오늘 이곳에 온 이유를 짐작하게 됐다. 한국인 인터뷰를 하는 게 그의 한국 영화 분석 과제에 도움이 되겠지. 내가 한국인이라서 이 자리에 나왔구나. 그리고 또 한 가지. 우리는 맥줏값을 더치페이 했다. 어디서 듣기로는 첫 데이트에 여자 지갑을 열게 하는 유럽 남자는 없다고 한다. 부풀었던 마음을 꽉꽉 눌러 뭉그러뜨렸다. 자세를 고쳐 앉았다, 편하게.

“너는 어쩌다 여행하게 된 거야?”

“사실 작가가 되는 게 꿈이라 좋은 소재나 영감을 찾아 여행 중이야.”

“와, 그거 멋지다.”

“그리고… 알고 싶은 것도 있거든. 나는 전부터 내 마음속에 무엇이 있는가에 대해 늘 생각해 왔어. 혼자 여행하다 보면 나에 대해 더 잘 알게 되고, 그러다 보면 내 마음속에 있는 것도 찾아낼 수 있지 않을까 해서.”

나는 편해져서 나온 대답이었다. 그러나 이 대답을 기점으로 늘어졌던 대화가 점차 팽팽해졌다.

“너 나랑 비슷한 생각을 하네? 나도 그게 가장 중요하다고 생각해. 그래서 지금 마르세유에 있는 거야. 파리에서 취직하기 좋은 과에 들어갈지 고민하다가 영화가 하고 싶어서 다 포기하고 내 마음을 따라 선택했거든.”

그가 눈을 반짝이며 말하는 태도가 좋았다. 영화가 하고 싶다는 열정을 입에 담을 때, 말의 속도와 목소리의 높낮이, 투박한 발음까지 전부 다 좋았다. 자신의 마음이 이끄는 대로 사는 사람이 귀하다는 걸 알기에 그가 더 특별해 보였다. 나는 오늘이 마지막이라는 사실을 받아들이기 싫었다. 그러나 나에게는 한 발짝도 더 나아갈 힘이 없었다. 여기까지 온 것도 프랑스와 한국의 거리가 약 8,960km 떨어져 있는 덕분이었다. ‘다시는 볼 일 없는 사람일 거야’라고 단정 지었기 때문에 용기 낼 수 있었다. 이야기가 더 깊은 곳으로 빠져들기 전에 화제를 돌렸다.

“그거 알아? 동양과 서양에서 색깔의 의미가 다르다는 거.”

“정말?”

그가 흥미로운 듯 눈썹을 살짝 들썩였다.

“예를 들어 노란색은 기다린다는 의미야. 한국에서는 먼저 간 사람들을 위해 노란 리본을 달아두고 기다려.”

“그래? 내가 생각하기에 노란색은… 기쁨? 즐거움? 행복한 느낌인데.”

“초록색은? 나는 자연이라 생각해. 초록색을 보면 시력이 좋아진다는 말이 있어.”

“우린 독약. 부정적인 느낌이야.”

“보라색은?”

“보라색이라… 좀 애매한데. 멜랑콜리?”

“멜랑콜리? 나 그 단어 알아!”

그는 내가 멜랑콜리라고 말할 때마다 웃었다. 내 한국식 발음이 웃기는 듯했다. 한바탕 웃은 그가 몸을 내 쪽으로 기울여 앉더니 눈을 마주치며 말했다.

“야, 이거 재밌다. 또 무슨 색이 있지? 아, 빨간색은?”

“열정. 너는?”

“사랑.”

“나 그거 알아. 프랑스어로 사랑해. 쥬뗌므. 맞지?”

“맞아, 한국어로는 뭐라 해?”

“사랑해”

“사라… 해? 싸랑해. 사아. 랑. 해.”

그가 서툰 발음으로 내 말을 따라 했다. 이로써 그가 태어나 처음으로 말한 한국어는 '사랑해'가 되었다. 화제를 어느 쪽으로 돌리든, 우리는 자꾸 서로의 인생을 궁금해했다. 흥미로운 대답이 나오면 오래 기다렸던 답신을 받은 듯 감탄했다. 어느 순간에는 각자의 영화 속 주인공처럼 대사를 주고받는 중이라는 착각에 빠졌다. 그렇게 3시간 동안 쉴 새 없이 대화를 나눴다. 플라스틱 컵에 담긴 라거 맥주 6잔과 함께.

밤이 깊어졌을 무렵, 나와 아서는 Rio Pizza라는 길거리 피자집에 갔다. 그가 주문한 베이컨 포테이토 피자를 들고 먹을 곳을 찾아 걸었다. 작은 공원 벤치에 앉았다. 늦은 시간이라 근처에 대마초를 피우는 무리가 있었다. 오래된 약초방에서 나는 듯한 특유의 향이 밤공기를 타고 날아왔다. 우리는 저녁을 맥주로 때워서 아주 배고팠다. 한동안 말없이 피자에 열중했다. 나는 느끼해서 핫 소스를 들이부었고 그는 3방울 찔끔 뿌려 먹고는 맵다며 펄쩍 뛰었다.

시간이 흐르고 두 조각 남은 피자 박스를 덮었을 때, 근처에서 풍기던 대마초 냄새도 사라졌다. 나는 별 하나 없는 하늘을 자꾸 올려다봤고, 그는 모기에 물렸는지 발목을 벅벅 긁었다. 헤어질 때가 오고 있었다. 나는 덜컥 두렵지 않다는 생각이 들었다. 마르세유의 찬바람도, 멀리서 들리는 취객의 고성도, 더러운 벤치의 끈적함도, 잊을만하면 드러난 곳을 노리는 모기도, 전부 괜찮았다. 아니, 오히려 강렬했다. 그와 함께한 순간들이 수채화처럼 맑은 줄 알았는데, 독한 향의 유화 물감이 묻어 있었다. 나는 그의 얼굴에 담긴 별자리를 이어보는 것을 멈추고 고개를 떨궜다. 오랜만에 마음에 난 멍을 눌러보았다. 아직도 통증이 느껴졌다. 이렇게 시퍼런 색으로 도대체 뭘 하려고 한 거지. 정신이 번쩍 들었다.

"예인, 무슨 생각해?"

"…이제 돌아가야 하지 않을까? 시간이 늦어서…"

아서는 손목시계를 물끄러미 보더니 한동안 말이 없었다. 그러고는 뭔가를 결심한 듯 내 눈을 똑바로 보며 말했다.

"예인, 너는 사랑스러운 사람이야."

아닌데, 나는 정말 보잘것없어. 나에 대해 모르고 하는 말이야. 하필이면 지금, 새벽마다 나를 괴롭히는 내 안의 목소리가 들렸다.

"너처럼 자신의 목소리에 귀 기울이는 사람은 언젠가 답을 찾을 거라 생각해."

그럴 리가 없어. 아서, 나는 인생을 독촉하듯 살아. 그것밖에 안 되냐면서 닦달하고, 모두 내 탓이라며 자책하고, 더 좋은 사람이 될 수 없냐면서 채근해. 어쩌면 그 말들이 나를 이곳까지 내몬 거야.

"오늘 만나서 참 행복했어. 우리가 같은 나라에 살았다면… 앞으로 많은 시간을 보낼 수 있었을 텐데, 아쉽네.”

폐가의 천장에서 떨어지는 물방울 소리 같은 말들을 삼켰다. 내가 아무렇지 않은 척 입꼬리를 당겨 올려 보이자, 그가 나를 데려다주겠다며 일어났다.

그와 함께 호스텔로 돌아가는 길, 나는 바보 같은 질문을 했다.

“아까 못 물어본 게 있는데, 파란색의 의미는 뭐라고 생각해?”

“파란색? 믿음.”

파란색은 믿음의 색이구나, 그렇게 중얼거리며 걸었다. 아직도 물어볼 색이 많은데, 그만 도착해 버렸다. 호스텔 대문은 굳게 닫혀 있었다. 늦은 시간이라 다시 다운타운으로 돌아갈 아서가 걱정되었다.

“돌아가는 길, 괜찮겠어? 다운타운은 위험하다며.”

“에이, 괜찮아. 나는 돈 없는 프랑스 학생이라 아무도 안 노려.”

우리는 대문 앞에서 어물쩍 눈을 맞췄다. 그가 나를 빤히 봤다. 뭘 그리 시선을 한 번도 피하지 않고 나를 뚫어져라 보는지. 신기한 건 나를 꿰뚫어 보는 듯한 그 직선의 눈길이 싫지 않았다. 아니, 사실은 좋았다.

“예인, 내가 한 말은 전부 진심이야.”

마음에 든 시퍼런 멍이 둥글게 번지는 느낌이 들었다. 나는 사랑스러울지도 몰라. 파란색은 믿음의 색이라 했으니, 이참에 푸르뎅뎅한 내 마음을 한 번쯤 믿어볼까.

멀어지는 아서의 뒷모습을 바라보았다. 그는 몇 번이나 뒤돌아보며 나에게 손을 흔들었다. 모퉁이를 기점으로 그의 모습이 사라진 뒤에도 한참 동안 그 자리에 있었다. 호스텔 안으로 들어가고 나서야 내 시야에 보이던 레터박스가 걷히고 다시 현실로 돌아왔다. 그와 재회하는 기적 같은 건 일어나지 않을 것 같다. 그의 영화가 개봉하거나 내 책이 출판된다 해도 그런 순간에 서로를 떠올리기엔 무위한 추억으로 끝났다. 그러나 그의 존재는 미약하게나마 내게 파동을 일으켰다. 고통의 생을 살고 간 철학가가 결국 인간을 살게 하는 건 사랑이라고 말했다. 사랑도 사랑 나름이라고, 그럴 자격이 있어야 사랑도 오는 거라고 반박하던 마음이 사그라들었다. 조건 없는 게 사랑인데 뭐 그리 엄격한 잣대를 사랑에 겨누었을까. 하필 사랑 같은 것에.

나는 아직도 사랑이 두렵다. 다만, 파란색 잉크로 내 이름을 쓸 정도의 믿음은 있다. 그건 변하지 않을 것이다.

손톱 길이에 대한 철학

기타 연주는 잔인한 취미다. 열심히 치다가 몇 달 놔버리면 왼쪽 손톱 아래 굳은살이 사라져서 다시 코드를 잡았을 때 살이 쇠줄에 찢기는 것처럼 아프다. 취미에도 상당한 노력이 필요하다지만 그 고통은 왠지 기타의 복수 같다. '나를 방치했겠다? 아파야 정신 차리지.'라는 느낌이 든다. 그래도 13살 때부터 지금까지 기타를 친다. 실력이 도통 늘지 않지만 이젠 정 때문에 못 놓는다.

그러다 보니 생긴 습관이 있다. 왼쪽 손톱은 짧게 자르고 오른쪽 손톱은 기르는 것이다. 왼쪽은 코드를 잡아야 해서 손톱을 기를 수 없고, 오른쪽은 기타 줄을 튕겨야 해서 자를 수 없다. 13살 때부터 유지하다 보니 이제는 손톱 길이 비대칭이 당연해졌다. 어릴 때는 왠지 기타를 잘 친다고 꺼드럭

거리고 싶고 특별한 비주류가 된 듯해서 좋았는데 이제는 그 시기도 지났다. 눈동자 색이나 키, 발 사이즈처럼 나의 고유한 특징이 되어 버렸다.

생각해보면 손톱은 특정 장르에서 꽤 매력적으로 등장하는 요소이기도 하다. 추리 소설이나 미국 범죄 드라마, 〈그것이 알고 싶다〉에서 손톱이 등장한다? 그럼 사건의 실마리를 풀 결정적 단서다. 피해자의 손톱 밑에 있는 범인의 DNA. 손톱은 증거 보관함이기도 한 것이다. 그래서 혹시 누군가를 공격해야 하는 상황이 오면 주무기는 오른손 손톱으로 해야지-라는 생각이 은연 중에 자리 잡았다.

그러고 보니 장기 여행 중에는 양손 권법이 가능하다. 보통 손톱깎이를 챙기지 않으니 빠르게 자란 손톱을 어쩌지 못 한다. 어쩌다 손톱 때가 끼는데, 흥미로운 건 나라마다 손톱 때도 다르다는 것이다. 튀르키예 괴레메에 있을 때는 손을 씻을 때 흙이 나왔고, 유럽은 공업용 찌꺼기처럼 새까맸다. 일본 여행 중에는 이상하게 손톱 때까 긴 적이 없고, 동남아 휴양지에 가면 역시나 해변 모래가 부슬부슬 나오곤 했다. 지금 당장 죽으면 법의관이 내 손톱 밑을 철저하게 조사한 뒤 "고인은 최근 스위스에 다녀왔습니다. 손톱 밑에서 나온 초콜릿 성분이 최상급입니다."라는 식으로 보고서를 쓰지 않을까.

내가 좋아하는 구병모 작가가 쓴 〈파과〉 마지막 장에서 주인공이 처음으로 네일 아트 샵에 가는 장면이 나온다. 늘 아무런 특징 없이 평범한 행색을 유지하며 킬러로 활동했기 때문에 손톱에 강렬한 색깔을 칠하는 것으로 주인공의 변화를 표현했다. 그걸 보자마자 충동적으로 네일 아트숍을 예약할 뻔했다. 살면서 한 번도 네일 아트를 해본 적이 없으니 누군가가 내 손톱을 매만지는 게 궁금했다. 지금은 때가 아니라는 생각으로 겨우 참았다. 나는 사람은 바뀐다는 증거가 필요할 때, 네일 아트숍에 갈 것이다. 왼쪽 손톱을 연장하고 젤 네일로 뒤덮어서 증명해 보이고 싶다.

아직은 '사람은 절대 안 변해'라고 툴툴대는 처지라 살면서 한 번도 네일 아트를 해본 적 없다. 언젠가 내 손톱이 바뀐 것을 알아챘다면, '아, 이 사람, 인생에 큰 변화가 생겼구나.'라고 조용히 알아채 주면 고마울 듯하다.

마르세유 열병 Ep 15.

우리 집에서 닭백숙을 하면 닭고기를 먼저 먹고 그 후에 닭죽을 꼭 먹어야 했다. 나는 어릴 때부터 식욕이 없어 어떻게 하면 덜 먹을 수 있을까 궁리하던 사람이라, 그 닭죽이 너무도 싫었다. 닭죽 먹을 배를 남기기 위해 닭고기를 덜 먹는 방법으로 죽을 비우곤 했다. 엄마는 내가 키가 작은 이유가 밥을 잘 안 먹었기 때문이라고 확신했다. 그래서인지 성장이 멈춘 지 오래인 지금도 닭죽을 다 비울 때까지 지켜보신다.

성인이 되고 나서도 내겐 먹는 일이 늘 '의무'같았다. 직장에 다닐 때, 점심 시간 1시간 중 30분을 먹는 일에 쓰고 나면 왠지 억울했다. 서울에서의 삶은 특히 더 먹고 버티는 생존이었기에 식은 밥알을 씹는 일이 고단했다. 그래서 후루룩 삼킬 수 있는 면을 좋아하게 됐고, 3분 만에 먹을 수 있는 컵

라면으로 식사 시간을 단축했다. 입맛이 없어 자극적인 매운 맛만 찾다 보니 슴슴하고 느린 닭죽이 더 싫어졌다.

그런 생활이 길어지자, 잔병에 시달렸다. 생리불순, 위염, 과민성 대장 증후군, 불면증을 버티다 직장을 그만뒀다. 얼마 후 배낭을 싸서 유럽으로 떠났다. 도피성이 짙은 여행이라 몸도 마음도 혼잡했다. 프랑스 마르세유에서 일주일을 보낸 뒤, 엑상프로방스로 갔다. 거기서 심한 열병을 앓았다. 몸살 기운이 왔을 때 쉬어야 했는데, 하필이면 숙박비가 비싼 남프랑스에 있을 때라 일정을 강행한 탓이었다. 나중에 안 사실인데 내가 여행했을 당시 프랑스에 독감이 유행했었다고 한다.

그나마 저렴한 마르세유 외곽으로 호텔을 옮기고 방에 틀어박혔다. 목에서 피 맛이 날 때까지 기침이 멈추지 않았고, 목이 부어 물도 삼키기 힘들었지만, 병원에 갈 수 없었다. 그때는 코로나 팬데믹 끝물 시기였다. 코로나 자가 진단 키트로 확인했을 때 음성이었으나 병원에 갔다가 혹여 격리된다면 예약해 둔 모든 일정을 취소해야 했다. 프랑스에서는 어떤 조처를 내리는지 정확히 알 수 없다는 게 무서웠다. 나는 결국 한국에서 가져온 상비약으로 버텼다.

열이 40도까지 올랐다. 정신이 혼미할 정도로 아픈 건 살면서 처음이었다. 땀을 뻘뻘 흘리며 누워있다가 이대로 가다

간 죽을 수도 있다는 공포에 시달렸다. 빈속에 약을 먹으니, 속이 쓰려 다 토해냈다. 변기를 붙잡고 있다가 정신을 잃어 쓰러졌다. 화장실 바닥에서 눈을 뜬 나는 천장을 보며 눈물을 뚝뚝 흘렸다. 뭔가를 먹어야 했다. 배낭에 있던 비상 식량을 꺼냈다. 생쌀 한 줌과 조미김뿐이었다. 나는 또 쓰러질까 봐 벽을 짚고 서서 생쌀을 전자레인지에 돌렸다. 물을 많이 부어 여러 번 돌렸더니 끈적한 죽이 됐다. 하얀 거품이 껴있어 기분 나쁜 질감이지만, 먹을 수 있는 정도가 됐다. 조미김과 함께 삼켰다. 아무런 맛도 나지 않았다. 기계의 인위적인 뜨거움을 억지로 삼켰다. 하필이면 닭죽이 떠올랐다. 그래서 그 죽을 남길 수 없었다. 꾸역꾸역 삼켜내는 동안 먹는 걸 미루고, 나를 돌보지 않고, 마음을 갈아 넣으며 버둥대던 나의 지난 날들이 주마등처럼 스쳤다. 엄마의 닭죽은 나를 살피는 마음이었다. 먹는 것은 의무가 아니라 누군가의 마음을 받는 일이기도 하다는 걸 죽도록 아프고 나서야 깨우쳤다.

 엄마는 어릴 적 밥 먹는 일이 늘 서러웠다고 했다. 4남 2녀 중 둘째로 태어난 엄마는 외할머니의 구박받이였다. 장녀는 장녀라서, 아들은 아들이라서 비껴가고, 남은 몫은 늘 엄마의 것이었다. 외할머니는 특히 밥상에서 엄마를 엄하게 대했다. 밥알 한 톨도 남기지 말고 싹싹 긁어 먹으라고 으름장을 놓으면, 엄마는 모래알 같은 밥알을 꾹꾹 씹어 삼켰다. 그렇게 억지로 먹으면 탈이 나기 일쑤였다. 외할머니는 화장실을 들락거리는 엄마에게 먹기 싫으면 나가서 밭이라도 매라, 허연 눈자위를 번쩍이며 호통 치셨다.

엄마는 그 기억이 한으로 남았다고 했다. 그래서인지 단한 번도 밥상에서 나를 나무란 적이 없다. 젓가락질을 엉터리로 하고, 습관처럼 밥 한 숟갈을 남겨도 그저 가만히 지켜보다 "그래도 다 먹지…"라고 하실 뿐이었다. 엄마는 오히려내가 남긴 그 한 숟갈이 좋았다고 했다. 수챗구멍에 걸린 밥알을 보며 '내 딸은 편히 먹었겠지'하고 생각하면, 어린 시절 얹혀 있던 보리밥이 그제야 쑥 내려가는 것 같았다고.

엄마는 늘 밥솥에 물을 한 소큼 더 붓고 질은 밥을 지었다. 꿀떡꿀떡 잘 넘어가라고, 어디 걸려 체하지 말라는 뜻이었다. 닭백숙을 먹은 뒤 끓이던 닭죽과 누룽지를 우려 만든 숭늉밥도 모두 그런 마음에서 비롯된 것이었다.

일주일 뒤, 열병을 이겨내고 다시 여행길에 올랐다. 영상통화 속 엄마는 수척해진 내 얼굴을 보며 무슨 일이 있느냐고 물었다. 나는 그냥 닭죽을 먹고 싶다고 했다. 엄마는 "닭죽을, 네가?" 하며 웃었다. 그 웃음 너머로, 부엌에서 죽이 눌지 않게 젓던 엄마의 뒷모습이 얼핏 스쳤다.

내가 돌아갈 곳에는 푹 고아 낸 사랑이 있다. 별자리를 보고 방향을 찾듯, 나는 그 사랑을 향해 걸어간다. 돌고 돌아, 결국 집으로 돌아간다.

유럽에서 해 먹기 좋은 파스타 레시피

참고로 요리 솜씨가 좀 있는 편입니다?

이번 주제는 유럽에서 해 먹기 좋은 파스타 레시피다. 호스텔 주방에서 이렇게 해 먹으며 여행 경비를 많이 아꼈다.

▸ 재료: 콜리플라워, 파프리카, 돼지고기, 마늘, 오이, 토마토

유럽에서 쉽게 구할 수 있는 재료다. 여기서 중요한 건 '콜리플라워'와 '오이'다. 두 가지 다 싫어한다면 다른 채소로 대체 할 수 있다. 단, 마늘 필수. 유럽은 보통 통마늘로 팔아서 직접 다 까고 썰어야 한다. 귀찮지만 향이 세고 맛있다. 토마토는 뜨거운 물을 부어 껍질을 벗기는 게 좋다. 나는 번거로워서 그냥 넣었다. 아, 파프리카는 꼭 있어야 한다. 신선하고 맛있어요.

❶ 먼저 둥글고 깊은 팬에 마늘을 넣고 버터 한 덩이와 함께 볶는다. 여기에 올리브유를 조금 붓는다. 만약 당신이 호스텔에 갔는데 그런 게 없다! 그럼 사야 한다(올리

브유 때문에 파스타를 포기한 적이 한두 번이 아니다). 물론 물 올
리고 파스타 면을 끓이고 있겠죠? 당연한 건 말 안 합
니다.

❷ 보통 파스타에 들어가는 고기는 담백한 부위를 사용한
다. 마늘이 노릇노릇해지면 고기를 넣고 볶는다. 이 과
정에서 잡내가 사라진다. 여기에 바질이나 양파 가루,
치킨스톡 등 조미료를 넣으면 좋지만, 우리는 지금 열
악한 호스텔에 있다는 설정이니까 그냥 소금 치세요.

❸ 돼지고기가 '한 개만 먹어볼까?'라는 생각이 들 정도가
되면 채소를 투하한다. 여기서 주의할 점은 좀 센 놈만
넣어야 한다. 여리여리한 놈들을 벌써 넣으면 완성됐을
때 죽이 되어 형체를 알아볼 수 없다. 계속 볶으세요.

❹ 이번에는 먼저 넣은 센 채소가 '이거 생각보다 잘 안 익
네? 아직도 아삭할 듯'이라는 생각이 드는 시점에 여리
여리한 놈들을 넣는다. 양파나 버섯, 오이가 이 부류에
속한다. 아, 참. 쓰면서 생각났는데 불 조절에 관해서
는…. 사실 잘 모른다! 미안하다. 나는 그냥 가장 센불
로 하면서 좀 빠르게 볶는다.

❺ 자, 좀 볶다가(아까부터 기준이 모호해서 죄송) 6~7분 정도 익힌 면을 투하한다. 이 과정에서 면수 한 컵을 함께 붓는다. 이게 또 면 양이 다 다르니까 양을 특정할 수 없다. 레시피를 가르쳐 준다는 건 정말 어려운 일이구나 하고 깨닫는 중. 아무튼 스위트콘을 함께 넣으면 맛있다.

사실 이 글의 취지는 허술한 레시피를 자랑하는 것에 있지 않다. 조금은 엉터리라도, '파스타에 무슨 오이를 넣어'라는 질타를 받더라도 자신의 레시피 하나쯤은 만드는 걸 추천한다. 여행 중 마트에 가서 생소한 재료를 구해라. 그걸로 만든 요리 레시피를 메모장에 적어두면 된다. 나는 한국에서 파스타를 해 먹을 때 가족들의 반대에도 오이를 슬쩍 집어넣곤 한다. 그럼 신기하게도 유럽에서 먹었던 파스타 맛이 난다. 여행을 낭만적으로 추억하는 방법이랄까.

배고파졌네. 뭐 좀 먹어야겠다. 저는 이만.

Gate
04

영겁의 세월 동안

영겁의 세월 동안

죽었던 남자

나는 죽었던 남자를 만난 적이 있다.

그는 185cm는 족히 넘어 보이는 덩치였고 낡은 뿔테안경을 쓰고 있었다. 안경알 코팅이 심하게 벗겨져서 안경을 쓰면 오히려 더 안 보일 듯했다. 그는 그런 사소한 것이 개의치 않은 듯 코를 훌쩍이며 안경을 추켜올리곤 했다. 그 밖에도 정돈되지 않은 구석이 많았다. 끈이 없어진 조거 팬츠, 긴 발톱, 좀 다듬으면 좋겠다 싶은 머리 길이 등. 장기 여행자가 틀림없다. 우리는 같은 호스텔 같은 방이라 금세 친해졌다. 술 한잔을 하기로 한 나와 그는 걷는 동안 여행가들이 처음 만났을 때 하는 전형적인 대화를 했다. 어느 나라 사람이냐, 어쩌다 스플리트(Split)에 왔냐, 며칠 동안 머물 예정이냐 등. 그는 크로아티아(Croatia) 사람이다. 스플리트에서 배로 한 시간 떨어진 흐바르섬(Hvar)에서 태어났다고 했다.

"근데 왜 여기 호스텔에 있는 거야?"

"말하자면 복잡한데, 아직 받아야 할 돈이 들어오지 않아서 여기에 있어. 흐바르섬으로 가는 뱃삯만 20유로인데 여기는 하루에 15유로면 잘 수 있잖아."

그의 말이 조금 이해되지 않았지만, 그냥 넘어갔다. 세상 사람들은 각자 너무도 복잡한 사연을 갖고 있다. 그의 사연을 더 들어보기 전, 길거리 술집에 도착했기 때문에 그 부분에 관한 이야기가 끊겼다. 올드타운 마지막 골목 구석에는 테이크아웃 술집이 있다. 스탠딩 바가 있어 몇몇 손님들이 서서 술을 마셨다. 카운터 너머로 보이는 선반에는 테킬라, 위스키, 칵테일 제조용 리퀴드, 각종 브랜드 맥주까지 없는 게 없었다. 그는 거기서 일하는 여자와 아주 반갑게 인사했다. 여자는 보통 반가운 게 아닌지 그를 보자마자 달려 나와 꼭 끌어안았다. 그들의 포옹은 길고 뜨거웠다. 나는 왠지 불청객이 된 것 같아 뒷걸음쳤다. 내가 어색하게 쭈뼛거리는 동안 그들은 크로아티아어로 대화했다. 그녀는 붉은 곱슬머리를 아무렇게나 묶고 진한 화장을 했다. 영화 〈이터널 선샤인〉에 나오는 클레멘타인이 히피족과 결혼해 늙는다면 저런 모습일 듯했다.

"맥주 두 병만 줘."

그가 뒤늦게 나를 의식했는지 영어로 말했다. 그녀는 망설임 없이 로컬 맥주를 두 병을 골라 병뚜껑을 시원하게 땄다. 내가 눈치껏 지갑을 꺼내자 그가 인상을 찌푸리며 집어넣으라고 했다. 그러더니 여자에게 계산은 나중에 하겠다며 그냥 가버리는 게 아닌가. 그는 웃으며 손을 휘휘 저어 보였고 그녀는 멀어지는 그에게 뭐라 뭐라 소리쳤다. 크로아티아어라 알아들을 순 없었지만 대충 이런 말을 했을 것이다.

"저 새끼 또 저러네! 안 갚으면 죽을 줄 알아!"

청량한 맛의 로컬 맥주 두 병을 홀짝이며 우리는 올드타운 외곽 성벽 길을 걸었다. 그러다 담배를 말기 위해 잠시 벤치에 앉았다.

"사실 난 죽었었어. 네가 믿을지 모르겠지만."

노련한 솜씨로 담배를 제조한 그가 대뜸 이상한 말을 했다. 나는 몇 번이고 되물었다. 죽었었다고? 죽었다가 살아난 거야? 발음이 어려워 잘 쓰지 않는 'Literally(말 그대로)'라는 단어까지 덧붙여 물었건만 그는 아주 확신에 찬 목소리로 몇 번이나 그렇다고 대답했다.

"내가 24살이 되던 해에 일하다가 갑자기 쓰러졌어. 이상한 일도 아니었지. 나는 부모님의 강요 때문에 하루에 24시간이 모자랄 정도로 일했었거든. 병원에 도착하고 얼마 안 됐을 때, 내 심장이 멈췄어. 6시간 동안."

그는 점심으로 먹었던 파스타가 맛있었다고 말하듯 무미

건조한 목소리로 말했다. 이 얘기를 수없이 해왔던 게 분명했다. 믿으려면 믿고 말려면 말라는 태도가 엿보였다.

"아니, 도대체 어떻게…?"

"의사 말로는 뇌에 무슨 문제가 생겼었대. 물론 내가 죽었던 시간에 대해서는 의학적으로 설명할 수 없어. 하지만 나는 그 시간을 절대 못 잊어. 절·대·로 못 잊어. 내 심장이 멈췄던 6시간을 1분 1초 단위로 전부 기억하거든."

솔직히 이게 무슨 개소린가 했다. 하지만 농담으로 넘길 수 없었다. 그에게 있던 어딘가 껄렁한 구석이 사라지고 사뭇 진지한 눈빛이 보였기 때문이다. 그가 뱉은 말이 한 마디 한 마디 늘어갈 때마다 이 만남의 흐름이 예상치 못한 길로 나아갔다.

"나는 이상한 상태로 병실 안을 떠돌았어. 아마 영혼이었겠지? 죽어있는 내 모습을 내려다보는 동안 울부짖는 가족들 소리가 들렸어. 나는 조그맣고 반짝이는 별이 되었다가 폭발하며 짙은 안개가 됐어. 내가 원하는 형태로 변신할 수 있었지만, 현실 세계에 내가 미칠 수 있는 영향은 전혀 없었어."

"고통은?"

"엄청난 고통도 느껴졌지. 하지만 깃털보다 가벼운 상태였어."

그는 그렇게 말하며 흙바닥을 응시했다. 그러다 담배에 불을 붙였다. 진한 대마초 냄새가 났다. 그의 텅 빈 눈동자는 옅은 푸른빛을 띠고 있었다. 마치 그 순간으로 돌아간 듯했다. 그 표정에서 아득함을 느꼈다.

"믿을게. 왠지 네 말을 믿을 수 있을 것 같아."

"그러면 이것도 믿을 수 있을까? 그때 죽었다가 살아난 이후로 생긴 능력이 하나 있어."

"뭔데?"

"나는 사람들이 볼 수 없는 것들을 볼 수 있어."

등골이 오싹했다. 뭐라고 말해야 할지 몰라 입만 뻥긋거리자, 그가 웃으며 안심하라고 했다.

"귀신같은 거 말고. 이런 거. 그 사람의 아우라가 무슨 색이고 어떤 형태를 띠는지. 그리고 가끔 감정도 볼 수 있어."

믿거나 말거나 그는 부연 설명을 이어갔다. 순수한 영혼을 가진 사람은 맑고 유려한 아우라, 타락한 사람은 검고 불규칙한 아우라를 갖고 있다고. 그리고 감정은 소리의 파형처럼 보인다고 했다. 우울한 사람은 느린 파도 형태, 화난 사람은 빠르고 격한 가시가 그 사람 주위에 빼곡해서 가까이 가면 안 될 것 같다고 표현했다. 나는 그 얘기를 듣는 동안 만약 그가 한국인이었다면 당장 굿판을 벌였을 텐데- 라는 생각에 빠져있었다.

"네 말이 사실이라면 그거 엄청난 능력인데?"

"하지만, 나는 그전으로 돌아가고 싶어. 왜냐하면 괴로울 때가 많거든. 예를 들어 내가 마음에 들어 하는 사람이 내 마음과 같지 않다면 나는 단번에 알 수 있어. 세상엔 몰라도 되는 것들이 너무 많아.”

맥주를 반 정도 비웠을 때, 우리는 올드타운 성벽 외부에 있는 ‘그레고리우스 닌’ 동상 앞에서 소원을 빌었다. 무교인 나는 이름 모를 신에게 오랜 소원을 읊었다. 행복으로 향하는 길을 잃지 않게 해 주시고, 이 여행을 통해 영감을 얻어 글을 쓸 수 있게 해달라고 빌었다. 나를 물끄러미 보고 있던 그가 말했다. 소원을 비는 동안 나의 아우라가 주황색이었다가 점점 노란색으로 변했다고. “노란색 아우라는 보기 힘들어, 네 소원이 이루어지려나 보다”라며 너털 웃음을 지었다. 그의 말을 믿고 싶어졌다. 아니 어쩌면 이 대목에서부터 그의 말을 믿기로 했던 것 같다. 이 사람이라면 이 세상에 없는 색의 이름도 알고 있지 않을까.

맥주를 다 마셨다. 그 무렵 우리는 부쩍 가까워져 있었다. 누구에게도 하지 못했던 말들이 튀어나왔다. 왠지 그에게는 말해도 될 것 같았다.

“자주 하는 생각이 있는데, 나는 왠지 오래 못 살 것 같아. 한 50살이 되기 전에 죽을 거야.”

내가 말했다.

“왜 그런 생각이 들어?”

“몰라… 그냥 내 느낌이 그래.”

그는 내가 생략한 뒷말을 유추하듯 눈동자를 뚫어져라 쳐다보았고, 나는 내 생각이 읽힐까 봐 시선을 피했다. 그러자 그가 말했다.

“내가 다시 살아났을 때, 가장 먼저 든 생각이 그거였어. ‘인생은 짧구나.’ 그래서 네 말이 뭔지 알 것 같아.”

미친 듯이 일만 하던 그의 삶은 그 죽음을 기점으로 완전히 뒤집혀 버렸다. ‘앞으로’ 어떻게 살 거냐는 부모님의 말씀에 그는 크게 화를 내며 말했다. 미래가 도대체 어디 있느냐고. 그는 뇌에 있는 100억 개의 뉴런 중 하나가 언제든 다시 문제를 일으킬 것이라는 생각에 사로잡혔고, 떠돌기 시작했다. 영국, 미국, 멕시코, 아르헨티나, 일본… 그는 50개국을 여행하며 수많은 사람을 만났다. 그 경험을 통해 좋은 조언을 할 줄 알게 되었고, 어떻게 해야 부정적 에너지를 물리칠 수 있는지도 깨달았다.

“너 정말 멋있다. 나도 자유롭게 살고 싶어. 네 나이쯤 되면 너처럼 될 수 있을까?”

그의 낯빛이 어두워졌다.

“나는 혼자야. 나처럼 되지 마. 난 누군가를 만나 정착할 수 없어. 사람들은 언제나 떠나가거든. 내 좋은 점만 갖고서.”

우리는 늦은 밤이 돼서야 호스텔로 돌아갔다. 사람이 사라진 올드타운은 마치 시간이 멈춘 듯했다. 종말을 맞아 지구상에 남겨진 모든 인간이 죽고 흔적만 남은 모습이었다. 그와 나는 짧은 시간 너무 많은 대화를 나눠서인지 아무런 말 없이 걸었다. 호스텔은 조용했다. 코 고는 소리마저 들리지 않았다. 우리는 기숙사 방에서 몰래 빠져나온 학생들처럼 부엌에 갔다. 그는 공용 냉장고에서 언제 사놨는지 모를 맥주 한 병을 꺼냈다. 이 맥주도 외상으로 가져왔는지 궁금했지만 물어보지 않았다. 그는 찬장에 있던 머그잔을 꺼내 맥주를 조금 나눠줬다. 나는 커피를 마시듯 홀짝거렸고 그는 병째 들고 마셨다. 부엌문 옆에 금연 구역이라는 경고문이 붙어 있었지만, 그는 창문을 열고 담배에 불을 붙였다. 나는 조금 떨어진 곳에 서서 담배를 피우는 그의 뒷모습을 바라보았다. 부엌 안이 매캐한 말보루 골드 연기로 가득 찼다. 그가 조용해진 것이 헤어질 때가 되었다는 암시로 다가왔다.

"예인, 흐바르섬에 간다고 했지? 내가 안내해 줄게. 어디 레스토랑이 맛있는지, 어디 해변이 가장 아름다운지 다 알아."

"고마워, 근데… 난 내일 아침 바로 떠날 거야. 일정이 좀 빡빡하거든."

그의 제안을 거절했다. 그는 창밖 어딘가 허공을 바라보며 담배를 태웠다. 그의 말이 맞았다. 다음 날 아침, 건너편 2층 침대에서 자는 그를 두고 떠나며 생각했다. 나도 떠나는구나. 그의 이야기, 이 글을 위한 아이디어만 갖고서.

블레즈 파스칼은 이렇게 말했다. 모든 인간의 불행은 자신의 방에 혼자 앉아 있지 못할 때 생긴다고. 고요한 새벽, 자려고 침대에 누우면 숨이 턱 막히곤 했다. 그럴 땐 방문을 살짝 열어 거실에서 TV를 보다가 잠든 엄마가 코 고는 소리를 들었다. 규칙적으로 들리는 그 소리에 안정감을 받으면 비로소 잠들었다. 하지만 나는 알고 있다. 훗날 그 소리도 멈출 것이다. 언젠가는 이 집에서, 이 세상에서 아무런 소리도 들리지 않는 밤을 맞이하겠지. 그런 생각이 들면 나는 또 어딘가로 도망가는 상상을 했다. 아무런 흔적이 없는 곳에 가면 엄마의 코골이 소리 없이도 잠들 수 있겠지. 그런 생각에 빠져 골골거리다 보면 물을 갈아주지 않은 어항에 이끼가 자라듯 외로움이 증식했다. 누군가를 만나 보글보글 숨을 불어넣어도 소용없었다.

내가 오래 살지 못할 것 같다고 말했던 이유는 그러고 싶지 않았기 때문이다. 지금이야 내가 하고 싶은 것을 해도 손가락질받지 않는 나이다. 20대에는 이것저것 다 해봐야 한다는 말로 방어선을 구축할 수 있으니까. 정처 없이 떠도는 지금도 용감무쌍한 기행문(紀行文)이 될지 모른다. 하지만 30대가 된다면. 또 40대가 된다면, 그때도 이렇게 기행(奇行)적으로 살아갈 수 있을까.

그런 나에게 그의 등장은 충격이었다. 자유로운 인생을 살아도 외로움에서 도망갈 수는 없다는 증거를 내 눈앞에 들이미는 느낌이었다. 그는 수많은 갈림길에서 언제나 오늘이라는 방향으로 핸들을 틀었고 그 대가는 수많은 이별이었다. 나는 짙은 밤을 견디지 못해 새로운 태양을 좇았고 그 대가는 이별에 대한 두려움이었다.

그는 지금 어디에 있을까?

또 어디로 가고 있을까. 뱃삯이 없어 어딘가에 발이 묶이진 않았을까. 그의 쓸쓸한 뒷모습을 떠올리며 이 이야기의 마침표를 찍는다.

내가 걷는 이유 Ep 17.

내 인생 최초의 기억은 무엇일까?

저편에 치워뒀던 기억 조무래기를 더듬어봤다. 학교 앞에서 노란 병아리를 샀을 때부터 팬돌이 음료수를 들고 소풍 가던 날까지 파노라마가 지나갔다. 이제 막 걷기 시작했던 시절은 없을까. 나는 뇌의 겉껍질을 얇게 깎아냈다. 여린 속이 희게 드러나자 가장 어린 나의 얼굴이 스치듯 떠올랐다.

아직 말도 잘 못 하던 시절, 분홍색 패딩을 입고 아장아장 걸어 다니는 나. 마치 휘발된 꿈처럼 희뿌연 필터가 씌워진 기억 조각이다. 나는 아빠와 겨울 설산에 있었다. 40대를 앞둔 젊은 아빠는 힘들다고 칭얼대는 나를 업고 산에 올라갔다. 나보다 두 살 많은 언니가 옆에서 나뭇가지로 장난을 쳤고, 엄마는 뒤처져 보이지 않았다. 아빠는 간이 배낭처럼 작은 내가 흘러내릴 때마다 추켜 업고 말없이 걸었다.

아빠는 내게 단 한 번도 사랑을 표현한 적 없다. 늘 과묵하셨고, 걸핏하면 모진 말로 내 가슴에 비수를 꽂았다. 엄마는 항상 그를 옹호했다. 아빠는 부모님이 일찍 돌아가셔서 사랑을 받아본 적이 없어. 표현법을 몰라서 그래. 네가 참아. 너는 엄마가 많이 사랑해 주잖아. 그럴 때마다 나는 "왜 아빠 같은 사람을 만났어? 엄마한테는 선택권이 있었잖아."라는 말을 삼켰다. 엄마는 몰라야 했다. 명절 외갓집에서 다정한 삼촌이 딸과 까르륵 장난칠 때, 먼 발치서 부러운 눈길로 바라봤던 것을 몰랐으면 했다. 초등학교 시절 주말마다 공원에서 아빠와 배드민턴 치는 친구와 마주쳤을 때, 질투심에 못 본 척 지나갔던 것을 몰랐으면 했다. 그때 처음 아빠와 딸 사이가 저렇게 가까울 수도 있는 거구나 하고 깨달았던 걸 평생 몰랐으면. 나는 엄마가 많이 사랑해 주니까, 나도 엄마를 많이 사랑해야 했다. 엄마 또한 어떤 결핍을 갖고 살아왔는지 어렴풋이 알 것 같았기 때문에 원망의 화살을 겨눌 수 없었다.

어쩌면 그 단 하루, 겨울 설산의 기억이 아빠가 나를 예뻐했다는 유일한 증거일 것이다. 얼마나 기억하고 싶었는지, 지금도 아빠의 차가운 입김과 등의 따뜻한 온기가 느껴진다. 아빠도 나를 사랑하긴 할 거야. 버려진 공터의 길고양이도

제 새끼를 물고 돌아다니고, 삐르르 울기만 하는 새도 벌레를 잡아 둥지를 들락거리잖아. 이게 최초의 기억이라면 나의 시작이니까, 괜찮아.

오래 걷다 보면 세상이 고요해지는 때가 온다. 나는 가끔 그 진공 속에서 겨울 설산을 떠올린다. 그때도 아빠의 미간에 선명한 내천자가 보였나. 나를 키우며 새겨진 걸까. 더 걸으면 떠오를까 싶어 다리가 저릴 때까지 멈추지 못했다. 또 나를 사랑한다는 무언의 증거가 있나. 있다면 그 기억은 어디로 갔을까.

불청객 Ep 18.

10월 말 흐바르섬은 적요하다. 섬에는 관광객의 옅은 자취와 조용한 라벤더 향만 떠돈다. 여름에는 약 30만 명이 찾아오는 황금 섬이지만, 바다에 뛰어들 수 없는 날씨가 되면 여기저기 푸석해진다. Closed 간판이 걸린 레스토랑이나 천막을 쳐둔 투어 데스크, 수면기에 접어든 요트 등이 활기찬 수분을 빨아들였다.

가을 흐바르섬에서 내 하루는 이랬다. 아침에 일어나 테라스로 나가 커피를 마시며 날씨를 살핀다. 볕이 좋으면 샤워 부스에서 손빨래한 옷가지를 빨랫줄에 널어둔다-바닷바람에 말린 옷은 짠내가 나서 세탁 전과 크게 다르지 않다-12시가 되기 전 빵과 살라미로 배를 채우고, 간단한 도시락을 싼다. 도시락이라고 해봐야 별거 없다. 아침에 먹은 것을 쿠킹

포일로 싸면 점심이 된다. 거기에 청사과 하나와 로제 와인 한 병을 들고 해변으로 향한다.

해변은 흰 조약돌로 가득하다. 고운 모래가 되려면 멀었다. 찬 바람이 불어 성난 바다에는 들어갈 수 없어 보기만 한다. 센 파도를 안주 삼아 와인을 병째 마신다. 머리카락에 짠내가 배어 진득해지면 집으로 돌아간다. 따듯한 물로 바닷바람을 씻어내고 토마토 파스타를 해 먹으며 와인 한 병을 마저 비우면 나의 하루도 끝이다. 여유는 사람을 녹인다. 몸도 마음도 녹아내려 걸을 때마다 찰랑거리는 소리가 들렸다.

조용하게 휴식하는 것, 하루 이틀이야 좋다. 하지만 며칠 동안 정말 아무도 없는 곳에 혼자 있으면 못견딜 정도로 심심해진다. 그래서 오늘만큼은 누군가와 대화하고 싶었다. 현지인을 만나 흐바르섬에서의 생활이 어떤지 묻고 싶었고 관광객이라면 여기에 온 사연이 궁금했다. 사실 누구라도 좋으니 '같이' 술을 마셨으면 했다. 확실히 외로워졌다. 오후 9시쯤, 용기를 내 밖으로 나갔다.

시원한 밤공기를 맞으며 걸었다. 한 10분쯤 걷자, 저 멀리서 노랫소리가 들렸다. 라이브 밴드 음악이었다. 그 소리를 따라갔다. 항구 옆 리조트가 소리의 근원지였다. 커다란 파라솔 4개를 덧대 만든 지붕 밑의 야외무대에 나이 든 남자 가수가 노래를 부르고 있었다. 파르께한 조명이 그를 비쳤다. 조명색이 마치 백색 LED 전구에 셀로판지를 대서 만든 색처럼 통렬했다. 사람들은 가판대에 준비된 값싼 와인을 무제한으로 마셨다. 직원은 와인이 동나면 다시 채워놓을 뿐, 딱히 수량 체크를 하는 것처럼 보이진 않았다. 리조트 숙박객을 위한 프라이빗 파티로 보였다. 나는 기웃거리다 이내 목적지를 향해 발걸음을 옮겼다. '뭐야, 이 허술한 파티장은?'이라며 비웃기까지 했던 것 같다.

한참 걸어 시끄러운 바에 도착했다. 좁디좁은 공간에 잔뜩 취한 흐바르 사람들로 가득했다. 나는 인파를 뚫고 바텐더에게로 갔다. 바 앞에 서서 5분쯤 기다렸을까. 바텐더와 눈이 마주친 순간 모히토를 달라고 소리쳤다. 그러자 그녀는 손사래를 치며 안 된다고 말했다. 나는 아무거나 좋으니까 되는 술을 달라고 했다. 바텐더는 인상을 찌푸린 채로 없다는 말만 반복했다. 주위를 둘러보니 술을 안 마시는 사람이 없었다. 찬장에 빼곡하게 진열된 술을 두고도 없다는 걸 보면 '나에게' 줄 술이 없다는 뜻이다.

기분이 나빠져서 그냥 나가려는데 여자 둘이 내게 접근했다. 딱 봐도 현지인처럼 보였다. 그들은 거나하게 취했는지 비틀거렸다. 두 여자는 내 얼굴에 대고 삿대질을 하며 배를 잡고 낄낄거렸다. 마치 동물원에 있는 원숭이가 재롱을 부렸을 때 "와, 저것 좀 봐! 웃기다!"라고 말하는 듯했다. 쩌렁쩌

렁 울리는 노랫소리를 뚫고 그 여자들의 웃음소리가 들렸다. 약에 취한 건가 싶었다. 얼굴이 울그락불그락 달아오른 내가 "왜 그래? 뭐가 문제야?"하고 물었다. 그중 한 여자가 내게 가운데 손가락을 치켜 세웠다. 분노를 지나 치욕이 밀려왔다. 다 까진 네일을 붙인 가운데 손가락 따위가 나의 가장 여린 부분을 헤집어 놓았다. 그 순간 그들의 스탠딩 테이블 위에 놓인 담배 두 갑이 눈에 들어왔다. 말보루 레드와 럭키 스트라이크. 흐바르섬은 운송비가 붙어 물가가 전반적으로 비싼 곳이다. 특히 담뱃값이 비싸 아껴피우고 있던 참이었다. 저걸 들고 튈까? 어차피 저들은 취해 있으니 나를 따라잡지 못할 텐데… 그 짧은 찰나에 소심한 복수극을 꾸몄다. 그러나 타고난 새가슴은 끝내 행동으로 옮기지 못했다. '이런 사람들과는 상종하지 말자.' 스스로에게 그렇게 말하며 그 자리를 떠났다.

도대체 왜 그들은 나를 조롱했을까? 왜 나에게 술 한 잔조차 내어줄 수 없었을까.

자정을 넘긴 시각, 다시 숙소로 돌아가는 길. 싸실한 야외 파티장에는 이제 아무도 없다. 여흥의 기운만 호젓하게 남아 있다. 항구 옆 돌담길을 걸었다. 무심코 올려다본 하늘에 별이 가득했다. 해소되지 않은 외로움이 진득하게 붙어 나를 따라왔다. 그 외로움에 서러움이 섞여 더 짙고 성가신 얼굴이 됐다.

　그러나 한 번 더 깊이 생각해 보면 그들이 나를 배척하는 게 당연할지도 모르겠다. 흐바르 사람들은 가을만을 손꼽아 기다려왔다. 무더위만큼이나 지긋지긋한 관광객이 썩 꺼지고 이제야 그들만의 파티가 열렸다. 그 영역에 발을 들인 나는 청첩장도 없이 불쑥 찾아온 전 애인인 셈이다. 이제야 리조트 파티의 의미가 확실해졌다. 내가 있어야 할 곳은 눈치 없이 뒷북 치는 관광객을 득시글하게 모아 둔 그곳이었다. 여행자는 언제든 손님에서 불청객이 될 수 있다. 그건 고작 기온 몇 도 차이, 달력 한 장 차이, 돈 몇 푼 차이일지도 모른다. 그 경계선을 아슬아슬하게 넘나드는 것이 이방인의 숙명일까.

잡생각 팝니다 Ep 19.

나는 수단과 방법을 가리지 않고 여행 경비를 모았다. 물론 전부 청렴결백한 방법이었고, 범죄와 연루된 적은 단 한 번도 없다. 첫 장기 여행은 CGV에서 일하며 받은 퇴직금으로 떠났고, 이후 글 소재를 위한 여행 자금을 모을 때는 여러 일을 전전했다. 경험을 위해 떠난다면서 그저 평범한 일만 하는 건 어쩐지 성에 차지 않았다. 프랜차이즈 카페보다는 사장님의 취향과 방식이 고스란히 묻어나는 개인 카페에서 일했다. 삼성역의 한 다이닝 레스토랑에서 근무할 때는, 내 인생에서는 좀처럼 마주칠 수 없는 부자들의 대화를 주워 들으며 틈날 때마다 메모장을 열었다. 기상천외한 사람들이 비싼 음식을 욱여넣는 세상에 잠시 발을 들여놓는 것만으로도 배울 것이 많았다. 같은 레스토랑이라도 지역에 따라 분위기와 손님의 결이 미묘하게 다른 점도 흥미로웠다. 향수의 세계가 궁금해 향수 판매직으로 일한 적도 있다. 덕분에 전문 교육을 받으며 향의 구조와 마케팅의 논리를 배웠다. 백화점에서 근무할 때는 그곳만의 생태계를 몸소 겪으며 예상치 못한 글감을 수없이 건져 올렸다.

이렇게 다양한 일을 해보았지만, 유독 인상 깊었던 아르바이트가 있다. 반려동물 수제 간식 가게다.

마침 나도 반려견을 키우고 있었고, 그동안 해보지 않은 색다른 일이라는 점이 끌렸다. 게다가 집 근처였다. 망설일 이유가 없어 곧장 면접을 보러 갔다. 왠지 상상 속 사장은 서른 후반쯤의, 약간의 결벽증을 앓는 워킹맘일 것 같았다. 그런데 의외로 면접 자리에 앉아 있던 사람은 스물아홉쯤 되어 보이는 예쁜 언니였다. 그녀는 반도체 공장 작업복을 닮은 백색의 위생복을 입고 크록스 실내화를 신었는데, 이연희의 데뷔 시절을 떠올리게 하는 얼굴이었다. 동네에 살고, 바쁜 매장에서 일해 본 경험이 있어 손이 빠르다고 말하자 그녀는 내일부터 바로 나올 수 있느냐고 물었다. 그렇게 나는 3개월 동안 주 5일, 하루 8시간씩 반려동물 수제 간식을 만들었다.

매장은 10평 남짓한 작은 공간이었지만, 그곳에서 쏟아져 나가는 택배 물량은 상상 이상이었다. 알고 보니 반려견 수제 간식의 원조 격으로 불리는 곳이었고, 곧 대형 공장으로 이전을 앞두고 있을 만큼 매출이 탄탄했다. 네 명이 하루 종일 만들어도 늘 손이 부족했다. 마케팅을 잘한 덕도 있겠지만, 일해보니 철저한 위생 관리가 한몫했을 듯했다. 완성된 간식을 직접 먹어도 크게 찝찝하지 않을 정도였으니까.

나는 점장 언니에게 인정받을 만큼 손질에 재능을 보였다. 흑염소 뿔, 오리 안심, 돼지 안심, 닭 안심, 칠면조 가슴살, 소떡심, 오리 근위, 닭발, 오돌뼈 같은 원물을 다뤘는데, 남들이 하나를 손질할 때 나는 두세 개를 연달아 끝내곤 했다. 이곳에는 레시피를 훔치러 온 예비 창업자들이 잠깐씩 일했다 사라지기 일쑤라, 어쩌다 보니 내가 장기 근속자가 되었다. 손이 빠른 점장 언니와 호흡을 맞추며 일하다 보니 어느새 그녀의 리듬을 터득했다.

그렇다고 한들 쉬운 일은 절대 아니었다. 점장 언니는 악착같은 면이 있었다. 원가를 낮추겠다며 소모품을 가장 저렴한 것만 고집했는데, 특히 니트릴 장갑은 줘도 안 쓸만큼 질이 나빴다. 게다가 하루에 한 켤레만 쓰도록 정해 두어, 아침에 찢어진 장갑으로 저녁까지 버텨야 했다. 거의 맨손으로 원물을 손질하는 수준이었다. 돼지 안심 기름 제거나 칠면조 가슴살 정형, 오리 근위 자르기는 참을 만했다. 문제는 닭 안심 지방을 떼어낼 때였다. 생고기를 매일 만지다 보니 없던 피부 알레르기가 생겼다. 손목 안쪽으로 두드러기가 번져 따갑고 욱신거렸다. 내가 아무리 괴로워해도 점장 언니는 흘끗 보기만 할 뿐 모른 척했다. 그럴 때면 평소의 다정함은 혹시 내가 그만둘까 봐 그런 거구나 싶었다. 오로지 자신의 이득을 위한 친절이라는 걸 그전까지 몰랐다.

또 나를 괴롭게 했던 건 소 떡심 손질이었다. 45리터짜리 육수통에 떡심을 가득 넣고 여러 차례 끓이면, 겉에 붙은 지방이 불어 터진다. 그것을 과도로 하나하나 긁어내야 했다. 물량이 밀리는 날엔 오래 끓일 여유도 없어, 덜 익은 상태에서 힘으로 밀어 떼어내야 했다. 손목이 빠질 듯 아팠다. 어느 날, 점장 언니가 선반 위에 올려둔 육수통을 꺼내다 그만 떨어뜨렸다. 옆에 서 있던 내가 그대로 맞았다. 머리에 혹이 솟았지만, 남은 고기를 손질해야 했다. 얼얼한 통증을 참으며 칼을 쥐었던 그날을 아직도 잊지 못한다.

손질하는 동안 기묘한 상상을 자주 했다. 그중 하나가 '여기서 사람 시체 하나쯤은 처리할 수 있겠는데?'였다. 업소용 냉동고에 토막 난 시체를 보관한다. 부위별로 조금씩 떼어내서 다른 고기들과 섞는다. 6~7시간 건조기를 돌리면 아마 구분하기 힘들 것이다. 말고기라고 속여 팔거나 음식물 쓰레기로 배출하고 뼈는 바짝 말려서 분쇄기에 돌리면 처리할 수 있을 듯했다. 그 단단한 흑염소 뿔도 건조기에 들어갔다가 나오면 바삭해진다. 나는 반려동물 수제 간식 점을 운영하는 어느 미친 사이코패스 살인마가 등장하는 단편 소설을 구상하며 일했다. 인육을 먹고 난폭해진 반려견이 주인을 물어버린다던가, 개 공장처럼 사람을 사육하는 악취미를 등장시켜도 자극적일 듯하다. 역시 주인공은 점장 언니가 제격이다. 아, 저렴한 비닐봉지를 쓰다가 찢어져 들키려나? 형사 역으로는 스티로폼 박스를 배송해 주는 기사님이 떠오른다. 땀을 뻘뻘 흘리며 옮기던 모습이 집요해 보였다. 배경은 여름으로 하고 싶다. 시체가 금방 썩어 조급해진다면 책장이 술술 넘어가겠지.

단순노동은 역시 잡생각이 자라기 좋은 환경이다. 내가 특별히 잔인한 성격이라 그런 건 아니고 그 무렵 우타노 쇼고의 〈밀실 살인 사건〉을 읽어서 그런 거라고 치자.

그 간식 집이 공장으로 이전할 때, 점장 언니에게서 정직원 제의를 받았다. 지방으로 출퇴근도 같이하고 월급 조건도 맞춰줄 테니 함께 일하자고 했다. 나는 곧 배낭여행에 갈 예정이라 그 제안을 거절했다. 그로부터 2년 후, 점장 언니는 그 회사 대표님과 법정 공방 중이라며 본인이 당한 부당 대우와 추가 근무를 증언해달라고 부탁했다. 진술서를 써서 보내자, 그 뒤로 또 연락이 끊겼다.

아무튼 여러모로 냉정하고 따뜻하고 악착같으며 특이한 사람이었다. 이 글을 읽는 여러분은 터무니없는 상상을 하며 오리 안심을 손질했던 내가 더 특이하다 할지 모르겠지만.

오리 안심을 손질했던 내가 더 특이하다 할지 모르겠지만.

이별 전리품 Ep 20.

　살면서 가장 슬펐던 이별을 묻는다면 영국 런던이 떠오른다. 21살 때였다.

　그와 나는 스페인 순례길에서 만났다. 첫날 마을 초입에서 마주친 우리는 33일 동안 도착지인 산티아고로 향하는 여정을 함께했다. 그는 영국인이었다. 성격이나 외모가 〈가디언즈 오브 갤럭시〉에 나오는 크리스 프랫과 닮았다. 나보다 나이가 10살이나 더 많고 웬 수염이 덥수룩해서 당시 남자 아이돌을 좋아하던 나에겐 그저 '외국인' 그 이상도 이하도 아니었다. 그런 그와 장난처럼 혹은 마법처럼 사랑에 빠졌다.

　정확히 말하면 내가 그에게 미쳐있었다. 순례길이 끝나고 각자의 나라로 돌아간 뒤에도 그를 못 잊어 영국으로 찾아갔다. 우리는 그의 집 근처에 있는 Boots 매장 주차장에서 재회했다. 그가 나를 보고 한 첫 마디는 "미쳤어?"였다. 너 같은 또라이는 처음 본다며 펄쩍 뛰었다. 인정한다. 그에게 말도 안 하고 무작정 찾아갔으니까.

2주 동안 함께 영국을 여행한 뒤 그와 이별하던 날을 기억한다. 긴 작별 인사를 하고 돌아섰을 때, 차 문을 열던 그의 뒷모습을 기억한다. 호스텔 방으로 올라가던 철제 계단과 대마초에 취한 같은 방 여자애들이 까르륵 웃었던 소리, 잠을 잘 수 없어 약처럼 들이켰던 레드와인의 텁텁한 맛을 기억한다. 갑자기 나타나 천천히 사라진 그와의 이별이 내 인생 가장 슬픈 이별이다.

아, 크로아티아에서 왜 뜬금없이 추억에 잠겨있나 싶겠지만 다 이유가 있다. 자그레브(Zagreb)에 있는 특이한 박물관에 간 탓이다. 이름하여 'Museum of Broken Relationships', 이별 박물관.

이 박물관은 4년의 연애 후 헤어진 드라젠 그루비식과 올린카 비스티카가 이별을 추억하기 위해 기획했다. 두 사람은 실연을 경험한 사람들의 상징적인 물품을 기증받아 사연과 함께 전시장을 꾸몄다. 그 결과 2011년 가장 혁신적인 유럽 박물관이 받는 '케네스 허드슨 상'을 수상했다고 한다.

침대와 책상, 옷장 하나를 놓으면 딱 좋겠다 싶은 크기의 흰색 방에서 관람이 시작됐다. 첫 번째 물건 앞에 서서 첫 번째 사연 페이지를 펼쳤다. 빨간색 자전거다. 그 옆으로 낡은 가죽 부츠, 제19회 멕시코시티 올림픽 티켓, 무민의 친구 리틀 미이 인형, 직접 만든 헝겊 인형들과 헤진 운동화 등 세월이 느껴지는 물건들이 일정 간격을 두고 진열되어 있었다. 물건 앞에 서서 일단 한 번 보고 해설집에 적힌 사연을 읽었다. 각 사연 앞머리에 제목과 연애 기간, 지역, 국가가 명시되어 있었다. 사연을 다 읽은 뒤 그 물건을 다시 봤다. 오래된 빨간 자전거가 새롭게 보였다. 이런 거구나. 첫 사연부터 심장이 두근거렸다.

초입에 한국에서 온 물건이 있었다. 제주도에서 온 물건 제목은 '작은 가구'. 1년 3개월 만난 남자 친구와의 추억이 담긴 물건이다. 사연은 이렇다. 기증자는 남자친구와 함께 사는 미래를 꿈꾸며 작은 가구 모형을 만들었다. 그러나 그 가구들을 칠하기도 전에, 헤어지기로 했다. 그게 끝이다. 짧은 사연이다. 가구는 아크릴 전시대 안에 이리저리 놓여 있었다. 정교하게 만들어진 침대, 의자, 테이블⋯ 나는 기증자의 상처가 아직 벌어져 있는 게 아닌가 싶었다. 이 모형을 크로아티아까지 보내며 붙인 사연이 단 두 줄이다. 나 역시 아직 아물지 않은 상처에 대해서는 말을 아낀다.

수많은 물건과 사연이 이어졌다. 〈브리짓 존스의 일기〉에 나올만한 유쾌한 사연이 있는가 하면 〈노트북〉처럼 절절한 사연도 있었다. 박물관 구성이 섬세하다는 점에서 높은 점수를 주고 싶다. 각 사연과 물건은 섹션별로 분류되어 있었는데, 초입에는 모두가 공감할 수 있는 연애 이야기가 이어지다가 조금 지루해질 때쯤 유쾌한 사연들이 나왔다. 마지막은 '이별' 그 자체에 대해 곱씹어볼 만한 이야기로 장식됐다. 마치 실화 바탕으로 쓰인 소설책을 읽은 듯했다. '이별'과 '이별'하겠다는 이들의 용기가 내 마음의 문을 두드렸다. 박물관을 나와 자그레브의 골목길을 정처 없이 걸으며 영국에 있을 그를 떠올렸다. 묵혀뒀던 선명한 기억이 쏟아졌다.

순례길 2주 차였다. 함께 걷던 무리에서 뒤처진 나와 그는 갑작스러운 우박을 피해 작은 오두막에 들어갔다. 거기에서 그가 나에게 어머니에 관한 이야기를 했다. 그의 어머니는 유년 시절 내내 약에 중독돼 있었다. 아버지가 감옥에 있어서 의지할 곳이 반쯤 미친 엄마의 품뿐이었다고 했다. 그녀의 피를 물려받아서인지 그도 10년 동안 중독에 시달렸다. 순례길에 온 이유는 대마초를 끊기 위함이라고 했다.

"우리 동네에 있는 집시에게 타로점을 봤는데, 나보고 스페인에 가라 하더라. 뜬금없이. 그래서 집에 있는 배낭 하나 들고 바로 출발했어."

그는 덤덤하게 말을 이어갔다. 자신의 어머니를 원망한다고, 온갖 나쁜 수식어를 다 붙여도 모자랄 사람이라고 했다. 어른인 줄 알았던 그가 처음으로 어린아이처럼 보였다. 나는 그때 그가 나에게 마음을 열어서 그런 말을 했다고 생각했다. 하지만, 그건 착각이었다. 그가 속내를 털어 놓았던 건, 각자의 나라로 돌아가면 서로 다시는 만날 일이 없기 때문이었다. 내가 영국에 나타났던 날, 흔들리던 그의 눈빛이 말해주었다. 예인, 너를 다시 볼 줄이야. 크게 당황한 채 "미쳤어?"라고 말했던 그의 얼굴.

그는 사실 어머니와 함께 살고 있었다. 나를 집으로 초대해 그 나쁜 엄마를 소개해 주며 "이쪽은 내 친구야. 한국에서 왔어."라고 했다. 셋이 거실에서 차를 마실 때, 그녀는 나에게 반갑다며 좋은 말을 늘어놓았고, 그는 복잡한 표정을 했다.

7년이 지난 지금에서야 인정한다. 그때 내가 말없이 영국으로 갔던 이유는 그를 놀라게 해 주기 위함이 아니라 오지 말라고 할 까봐서였다는 걸. 그의 집으로 불쑥 찾아갔던 건 큰 실례였다. 21살의 어린 나는 그게 실례인 줄도 몰랐다.

내가 한국으로 돌아오고 몇 개월 후 그와 연락이 끊겼다. 나는 천천히 그 사실을 받아들였다. 4년 전 페이스북에서 그의 어머니가 돌아가셨다는 소식을 접했다. 그는 그녀의 부고 소식을 전하며 사랑했던 엄마라고 칭했다. 다시는 영국에 갈 일이 없을 거라는 직감이 들었다.

그는 아직도 할루미 치즈를 태워 먹을까? 대마초를 끊겠다던 그의 목표는 유효할까? 동화 작가가 되고 싶다던 꿈은 어떻게 됐을까. 나참, 어린 아이가 보는 동화에 블랙 수트를 입은 돼지가 총을 들고 다니는 내용이 말이 돼? 세상에 나올 리가 없지. 그 돼지 이름이 '존 본드'였는데… 지금도 난도스 (Nando's)의 가장 매운 소스는 못 먹겠지? 아직도 달걀을 삶을 때 Captain Sensible의 Happy Talk을 흥얼거릴까? 그 노래 뮤직 비디오에 나오는 남자가 대마초 중독자일 거라고 확신했었 지. 중독자는 중독자를 알아보는 법이라며…

그를 상징하는 모든 물건과 내 기억을 그 박물관에 두고 오고 싶었다. 그때 그를 사랑했던 21살의 나에게 한 마디 하 고 싶다. 뚜벅뚜벅 걸어가 다음 사랑을 향해 가라고.

박물관 근처 야외 바에 앉아 로컬 맥주를 주문했다. 떠오 르는 장면들을 스케치북에 그렸다. 한참 동안 이별 박물관의 여운을 즐겼다. 그러다 에밀리 디킨슨의 시가 떠올랐다.

That Love is all there is

Is all we know of Love,

It is enough, the freight should be

Proportioned to the groove.

사랑이 전부라는 것

우리가 사랑에 대해 아는 전부

그것으로 충분하긴 한데 그 짐에
비례하여 바퀴 자국이 나겠지

　특이한 문체가 특징인 그녀가 피할 수 없는 진실이라는
듯 담백하게 써 내려간 짧은 시. 내가 애정하는 시를 닮은 공
간을 발견해서 행복했다. 두 사람의 이별에서 시작된 예술이
퍽퍽한 라면땅 같은 도시의 별사탕이 될 줄 누가 알았을까.
헤어져 주셔서 감사합니다,라고 말해도 될까.

내가 정착한다면
그곳은 봉안당일 걸

나는 어려서부터 이사를 많이 다녔다. 가족 전부 역마살이 뒤룩뒤룩 껴 있어서일까. 우리는 특별한 이유 없이 동네를 옮겨 다녔다. 그러다 7살 때 결국 먼 곳으로 큰 이사를 했다. 서울시 서초구 양재동에서 충청남도 당진시 고대면 장항리 산골 동네로. 어릴 때는 냉정한 도시에서 벗어나 정겨운 시골에서 흙과 함께 자라야 한다는 부모님의 철학 때문이었다.

물론 여치나 배추벌레, 앵두나무, 아궁이에서 솔잎 타는 냄새나 밭매는 소와 친해질 수 있었다. 다만, 부모님은 시골 사람들의 무서움을 몰랐다. 병설 유치원에 간 첫날 선생님이 서울에서 내려온 아이가 얼마나 잘났는지 보자며 칠판 앞으로 불러 맞춤법으로 창피를 준다던가, 5살에서 7살 어린아이들에게 벌로 엎드려뻗쳐 자세를 시킨다던가, 촌지를 찔러

주지 않는다는 이유로 괴롭히는 선생님이 있을 줄은 몰랐다. 도덕적 심지가 유난히 곧은 엄마는 촌지는 옳지 않으니 절대 줄 수 없다는 쪽이었고, 그에 따라 잔뜩 독기 오른 담임 선생님이 나를 집요하게 배척했다.

한번은 편식을 고쳐놓겠다는 명분으로 내게 김치를 다 먹기 전까지 집에 가지 말라고 했다. 급식실 조리원 선생님이 물청소하고 퇴근할 때까지 나는 식어가는 짜장밥 앞에 홀로 앉아 있었다. 하교 시간이 지나서야 다시 돌아온 담임은 내 입을 억지로 벌려 짜장밥과 김치를 욱여넣었다. 결국 식판을 비운 뒤에야 풀려났다. 볼에서 뿜어져 나오는 신물을 삼키며 가로질러 간 운동장의 풍경이 생생하다. 나는 다음 날까지 구토증에 시달렸고, 그 뒤로 20대 중반까지 생김치를 먹으면 구역질이 났다. 나는 지금도 인간의 탐욕과 추악함의 형상이 그 선생님의 얼굴과 닮아 있다고 느낀다.

그들은 엄마도 가만 두지 않았다. 선생님에게 불려가 "자식을 어떻게 이따위로 키워요?"라는 말을 들었던 날, 집으로 돌아가는 길. 엄마는 자전거 뒷자리에 나를 태우고 흙먼지 날리는 시골길을 달렸다. 녹슨 철제 바구니에 나와 언니에게 읽힐 도서관 책을 담아 자꾸 좌우로 휘청거리며 울었다. 소리 죽여 우셨다.

우리 가족은 2년을 못 버티고 다시 서초구로 돌아갔다. 그 뒤로도 초등학교 때 두 번, 중학교 때 한 번, 전학을 갔다. 전

학에 로망을 갖고 있는 사람에게 말하자면 꽤 괴로운 일이
다. 우르르 몰려온 아이들로 가득한 교실에 들어서면 발가벗
겨진 기분이다. 이런저런 평가로 나를 재단하는 눈빛과 웅성
거리는 목소리에 말초신경이 곤두선다. 마음을 줄 만하면 떠
나야 하는 심정. 잊히는 느낌. 더 이상 친구가 아니라는 증거
를 모으는 일. 낯선 곳에서 누구에게든 인정받아야 한다는
부담감. 불안정한 유목 생활이 이어지자 나는 소속감을 간절
히 원하면서도 정작 소속되어 있다고 느끼면 도망치고 싶어
짐에 이르렀다. 성인이 되고 나서는 그 모순을 원동력 삼아
떠났다. 국경을 넘어 새로운 곳으로, 새로운 곳으로.

크로아티아 흐바르섬에 있을 때, 우연히 나와 비슷한 삶을
살았던 사람을 만났다. 그는 미국인이었는데, 나처럼 이사를
자주 다녀 여러 곳에서 살아봤다고 했다. 어쩐지 새로운 것
에만 매력을 느끼는 성격이 되어 잦은 이직을 겪다 3년 전부
터 스턴트맨으로 활동한다고 했다.

"사실 나는 남들과는 좀 달라. 나는 스턴트맨이잖아. 똑같
이 출근할지언정 일터에 가면 불타는 빌딩에서 뛰어내려야
하고 칼 든 강도와 싸워야 하고 깊은 바다에 맨몸으로 뛰어
들어야 해. 언제 죽어도 이상하지 않은 삶이지. 그래서 나는
내일을 생각하지 않아. 내게는 오늘밖에 없어. 그래서 여행
을 열심히 다녀. 새로운 곳을 한곳이라도 더 가봐야지."

그의 시간은 남들과 다르게 흘러가고 있었다. 주어진 하루를 충실하게 살아야 한다는 신념은 나의 이상적인 인생관과 비슷했지만 어쩐지 좋아 보이지 않았다. 도대체 뭐가 저 남자를 쫓고 있을까, 그 실체가 궁금할 뿐.

나도 저렇게 초조해 보였을까? 손에 쥔 탑승권이 처방전이라도 되는 듯 맹신했던 지난 날이 저리도 불안해 보였을까? 그때 처음 나는 어떤 어른이 되었는지 생각해 보았다. 엄마, 그 선생님께 그냥 촌지라도 쥐여 주지 그랬어 라는 미련으로 똘똘 뭉친 어른. 그렇게라도 그 군락지에 뿌리내릴 수 있다면 괜찮은 거 아닌가 타협하고픈 마음과 엄마가 옳았다는 마음이 부딪쳤다. 어른이 된다는 건 모순이 하나둘씩 늘어가는 것. 그중에 가장 슬픈 모순을 뽑아 곱씹어 본다. 질긴 모순이 꿀떡 삼켜지도록. 물론 냄새만 맡아도 구역질이 나는 부분은 나도 어쩌지 못한다.

What's in my bag

배낭여행이 처음이십니까? 이걸 꼭 보십시오

사실 네이버에 '배낭여행 준비물'이라고 검색하면 됩니다. 그래도 준비해 본 코너. 배낭여행을 하며 느낀 모든 것을 총 동원해서 적어볼 테니 믿고 읽어주시길.

❶ 샴푸는 비누로

나는 배낭여행을 한 번 가면 90일 동안 체류한다. 유럽만 갔으니까 무비자로 딱 90일이라 그렇다. 이렇게 3달씩 배낭여행을 하다 보면 의외로 샴푸와 바디워시가 꽤 문제 될 때가 많다. 초보일 때는 전 세계 어딜 가도 샴푸와 바디워시가 있으니까 기내반입만 가능하면 오케이였다. 그런데 다니다 보니 이놈의 샴푸는 꼭 안 좋은 타이밍에 똑떨어진다. 소도시에 있을 땐 마트에서 샴푸를 구매해야 하는데, 대용량이거나 쥐콩만 하거나 둘 중 하나일 때가 많다. 그럼 또 금방 사야 하고 금방 쓰고 또 떨어지고. 여간 성가신 게 아니다.

그래서 고안한 방법. 바로 '샴푸바'다. 고체 샴푸라고도 부르는데 120g 되는 샴푸바 하나가 60번이나 쓸 수 있다. 부피도 작고 가볍고 오래 쓸 수 있어 배낭여행을 할 때 딱이다. 물론 단점도 있다. 이게 아무래도 비누니까 쓰고 나서 말리지 않으면 금방 무른다. 호스텔 체크아웃 직전에 쓰고 가방에 넣어 놨다가 까먹어버리면 이거 참 영 좋지 않은 상태가 된다. 그것만 감안하면… 환경에도 좋으니까!

❷ 주머니 싸움

주머니는 많을수록 좋다. 이건 가방에도 적용되는 말인데, 다양한 크기의 주머니가 달린 가방을 사는 게 좋고, 다양한 재질의 주머니를 구매하는 것을 추천한다. 이를테면 각 사이즈 별 지퍼백은 많을수록 이득이다. 작은 것은 낱개로 된 커피 믹스나 고무줄, 라면수프 같은 것을 담기 좋고 중간 것은 먹고 남은 음식을 담거나 샌드위치를 만들어 다닐 때 쓴다.

빨래를 담아 다니는 복조리형 천 주머니, 신발주머니, 속옷 주머니, 세면도구 주머니, 충전기 선 주머니, 동전 주머니 등등 모든 게 주머니다! 마지막 배낭여행 때 이래도 되나 싶을 정도로 주머니를 많이 챙겨 갔는데, 요긴하게 썼다. 지퍼백은 나중에 모자라기까지 했다. 주머니는 정말 많을수록 좋다.

❸ 나는 스포츠 타월을 사랑해요.

스피드 드라이 타월이라고도 불리는 이 마법의 수건은 정말이지 필수다. 한국에서부터 가져가면 좋겠지만, 여행지가 유럽이라면 가서 사는 걸 추천한다. 나는 스페인 스포츠용품 매장에서 산 스포츠 타월을 6년 동안 쓰고 있다.

얇고 가벼우니 온몸을 다 덮을 만큼 큰 사이즈를 사길 바란다. 샤워를 하고 쓰자마자 세면대에서 비누로 세탁한 뒤 2층 침대에 걸어두면 정말 금방 마른다. 게다가 커튼처럼 공간 분리도 할 수 있기 때문에 아주 좋다. 젖은 상태로 이동해야 할 경우 옷핀으로 가방에 걸어두고 다니면 된다. 어느새 또 말끔히 말라있다. 나는 이 놈을 정말 사랑한다. 너를 몰랐다면 나는 뽀송한 여행을 할 수 없었을 거야.

*참고로 꽤 괜찮은 호스텔에 가면 수건을 줍니다. 근데 돈 받거나 안주는 곳도 많음요.

❹ 소유하지 않은 자의 발걸음이 더 가볍다.

이런 말 해도 될지 모르겠다만, 당신은 당신이 생각하는 것보다 더 약할지도 모른다. 그러니 배낭을 가볍게 하라. 10kg이 넘는 배낭을 메고 계속 걸어 다니다 보면 누구라도 욕 나올 정도로 힘들다. 물론 이것도 저것도 다 필요해 보이겠지만, 유럽이고 미국이고 가려는 곳이 어디든 다 사람 사는 곳이다. 그러니 덜 가지고 가서 필요하면 살 생각을 하는 게 좋다.

첫 배낭을 쌀 때, 나는 정말 별의별 걸 다 집어넣었다. 미니 고데기, 크레파스, 스케치북, 가이드북 등등… 결국 하나둘씩 버렸다. 막상 가보면 필수품이라 생각했던 걸 버리게 되고 생각지도 못했던 게 필요해지기도 한다. 그러니 차라리 텅 빈 배낭이 낫다.

옷도 마찬가지다. 아끼는 옷을 들고 가는 건 골칫덩이가 되기 십상이다. 버려도 아쉽지 않은 것들로 챙기고 기온에 따라 옷을 구매하는 게 좋다. 지금 머릿속에 떠오른 챙길까 말까 고민되는 것들, 전부 집에 고이 모셔 두시길.

❺ 만약 당신이 한국인이라면

이건 부가적인 팁인데, 여행 중 도움 받을 일이 꼭 생기기 마련이니 작은 선물을 들고 다니는 것을 추천한다. 한국 전통식으로 만든 가벼운 열쇠고리나 마그넷 등 외국인이 인사동에 와서 사갈 법한 것들 말이다. 그것도 아니면 천 원짜리 지폐도 좋다. 언젠가 한국에 오길 바라는 마음을 담아 돈을 선물했을 때 백이면 백 다 좋아했다.

특히나 요즘 한국은 외국인들에게 각광받는 추세이니 인기쟁이가 되고 싶다면 한국 국기를 배낭에 달고 다니는 것도 나쁘지 않다(대신 실수했을 때 일본인이나 중국인인 척 못함). 같은 한국인들끼리도 한눈에 알아볼 수 있는 표식이라 뜻밖의 친구가 생길지도 모른다.

Gate
05

언덕에 누워

언덕에 누워

호슐랭 3스타

현실은 늘 하나뿐이지만, 운명은 여러 개다. 여러 갈래로 뻗어 나간 운명의 끝에는 늘 현실이라는 벽이 존재하는 게 문제지만. 한동안 그 생각에 빠져 답답함을 느꼈다. 어떤 선택지를 골라도 나는 끝까지 갈 수 없을 것 같다는 무력감 때문이었다. 그 무렵 나는 목적지 없는 드라이브를 자주 했다. 그렇게라도 해야 숨통이 트였다. 인생이 뜻대로 되지 않는 사람이 운전을 좋아한다던데, 맞는 말이다. 핸들을 쥐고 있으면 내게 선택권이 있다는 착각이 들었다. 그 착각은 짧지만 달콤했다. 결국 신호 앞에서 멈춰 서야 하는 현실이 더 싫어질 만큼. 인생은 걸핏하면 번쩍거리는 빨간불 앞에 멈춰 서서 견디는 일인가.

그렇지만은 않다는 걸 알려준 장소가 있다. 고요한 호수다.

호수는 늘 그 자리에 멈춰 있다. 조용한 순환이 이루어질 뿐이다. 끝이 없는 바다나 흘러 흘러 어딘가에 도달하는 강과 달리 호수는 가만히 있다. 그래서 오랫동안 그 곁에 앉아 있을 수 있다. 나는 그 멈춤의 미학에 매료되어 아름다운 호수를 찾아다녔다.

폴란드 모로스키에 오코호수, 독일 퓌센 호수, 스위스 브리엔츠 호수, 몬테네그로 코토르 호수, 크로아티아 플리트비체 호수…

모두-특히 스위스-아름다웠지만 아직도 내 마음속 1등은 슬로베니아의 블레드(Bled) 호수다.

날씨가 좋은 날에 블레드 호수에 가면 '내가 지금 꿈꾸고 있는 건가?'라는 생각이 들 만큼 아름다운 풍경을 볼 수 있다. 첫날엔 온종일 호수 옆 산책로만 걸었다. 걷다 보면 다양한 길이 나와서 마치 모자이크 기법으로 붙여 만든 산책로 같다. 영국 왕실 정원처럼 잘 가꾸어진 모랫길, 호수 기슭에 낚시꾼이 종일 앉아 있는 길, 빨간 낙엽이 깔린 길, 나룻배가 있는 항구 길… 이 모든 길이 이어져 블레드 호수를 빙 두르고 있다. 그중 가장 좋았던 길은 '늙은 화가가 있는 길'이다.

걷다 보면 탁 트인 곳에 호수를 배경으로 앉아 있는 할아버지가 있다. 80살쯤 되어 보이는 그는 거북목을 쭉 빼고 지나가는 사람들을 지켜본다. 마른 몸, 검은색 베레모, 낡은 가을 재킷, 타탄체크 셔츠, 색이 바랜 청바지, 하얗게 센 곱슬 머리까지 영락없이 방랑 화가다. 어쩌면 평생 블레드 호수를 떠나지 못하는 지박령 화가일지도 모르지만.

발길을 멈추고 거대한 바위 홈에 이끼처럼 끼워둔 그림에 눈길을 주면, 화가는 냉큼 일어나 그림 설명을 한다. 이건 비 오는 날 블레드 호수, 이건 밤에 본 블레드 호수, 이건 노을 지는 블레드 호수… 시간대별로 색감이 다르다. 전부 같은 곳에 서서 바라본 블레드 호수지만 전혀 다른 세계로 그려졌 다. 나는 딱 한 장만 고르기로 했다. 아침 물안개가 피어오르 는 호수. 가장 희뿌연 색이라 꿈에서 본 듯한 풍경이었다. 한 장에 4유로.

그림을 고르면 화가가 이름을 물어본다. 화가는 내가 고 른 그림 뒤에 내 이름을 쓴다. 그러고는 즉석 초상화를 그려 준다. 그러는 동안 꿈이 뭔지, 좋아하는 작가가 누구인지, 재 밌게 본 영화가 뭔지 등등 그 순간 화가의 머릿속을 스쳐 가 는 주제로 대화를 나눈다. 그는 특이한 기법을 사용했다. 검 은 물감으로 쓱쓱 그리고는 낡은 손수건으로 꾹꾹 누르고 다 시 진하게 쓱쓱 그리고 꾹꾹 누르고. 그런 과정을 서너 번 반 복하면 완성. 그림이 완성되는 동안 우리는 아무런 이유 없 이 계속 웃었다. 서로 왜 웃느냐고 물었지만, 누구도 왜 웃는 지 알 수 없었다. 나는 그림을 받아 들고 함박웃음을 지었고 화가는 결과물이 탐탁지 않은 듯 입술을 삐죽거렸다. 지갑에 있던 동전을 전부 털어 그에게 주었다. 유쾌한 만남이었다.

블레드 호수에서 조금 떨어진 곳에 빈트가르 협곡이 있다. 블레드 호수의 발원지인 라도나강에서 이어지는 협곡이다. 여행객 대부분이 블레드 호수에 반해 빈트가르 협곡까지 간다.

길이 1.6km의 이 협곡은 나무 덱이 깔려 있어 걷기 편했다. 그냥 평지 길이 아니라 협곡의 모양 따라 굴곡진 길이라 재미있었다. 물살을 스쳐 올라오는 냉한 기운이 신선했다. 무엇보다 물 색깔이 실로 감탄스러웠다. 걷다가 '와… 물이 어떻게 이렇게 맑지?'라는 의문이 비집고 올라오면 그 자리에 멈춰 서서 협곡의 흐름을 감상했다. 내가 갔던 때에는 10월 중순경이라 빨갛게 물든 단풍과의 색 조합이 절묘했다. 물은 깊이에 따라 색이 달라졌다. 깊은 곳은 어두운 에메랄드빛을 띠다가 얕아지면 청량한 푸른색이 됐다. 민물고기가 그 물속을 표표히 지나가자 마치 여름색 실크 스카프 무늬 같았다.

나는 이틀만 있기로 했던 블레드에서 장장 8일 동안 머물렀다. 아침이면 호스텔 가이에게 '아무래도 오늘 하루 더 묵을게요.'라며 숙박비를 결제하는 식이었다. 도피성이 짙은 여행을 하다보면 바퀴 달린 것에 올라 어디로든 가야할 것만 같은 강박에 시달리기 쉽다. 뒤에 누가 쫓아오는 것도 아닌데. 여기는 달랐다. 잠시 고여 있어도 썩지 않을 듯했다.

새털구름을 담은 푸른 거울. 나룻배가 지나간 자리에 허룩하게 사라지는 물결. 어여쁜 새소리와 저 멀리 가로지르는 철새 떼. 사락 바람에 나부끼는 사이프러스 나무로 둘러싸인 섬. 너무도 조용하게 떠 있어서 마치 중력이 사라진 듯한 곳. 비현실적인 세상.

나는 블레드 호수 하나만 보기 위해서라도 슬로베니아에 갈 가치가 있다고 생각한다. 끝과 벽이 있는 세상에서 더 나아가고 싶지 않을 때 나는 호수를 찾아간다. 그곳에는 멈춘 운명이 있다.

온 마음을 쏟아부어도
채워지질 않는 걸 보니
너는 나의 연못이 아닌
흐르는 강이었구나

나는 이제 작지만 튼튼한
돛단배를 만들어
흘러가는 네게 몸을 맡길게

나를 멀리 데려다주렴

파도치는 바다를 만나도

나는 너를 지나왔단 사실에

저 끝까지 항해할 용기가 생겼으니

끝도 없이 이어지는 바다로

평생 너를 위한 노를 젓겠지만

결국 순리대로 살아가겠지

그거면 된다

너로 인해, 고인 세상을 벗어나

흘러가는 법을 배웠으니까

46°23'44.4"N 14°06'21.3"E Ep 23.

쇼팽의 녹턴 No. 2를 들으며 걸었다. 고요한 숲길에 어울리는 노래였다. 그렇게 30분쯤 걸었을 때, 샛길이 보였다. 유난히 햇빛이 스며드는 길을 따라갔다.

얼마쯤 걸었을까. 나무 사이로 탁 트인 잔디밭이 보였다. 나는 홀린 듯 걸었다. 이토록 광활한데 염소도 양도 없다. 곧은 나무들에 둘러싸인 채 숨겨져 있는 것으로 제 할 일을 다 한 것처럼 그저 존재한다. 나는 잔디밭 중앙으로 향했다.

바람이 불자 푸른 잎이 파도 소리를 연주했다. 새는 지저귀며 선율을 얹고 내 두 발이 내는 발걸음 소리가 박자를 맞추었다. 땅 밑에서부터 올라오는 흙의 풍미에 마음이 무르익었다. 마치 새로운 행성에 처음 발을 디딘 것처럼 생경했다. 내 복숭아뼈에 스치는 잔디와 차가운 물방울이 내게 생명을 말했다. 어릴적 내 손등 위를 기어간 달팽이가 남긴 자국처럼 매끄럽게 속삭였다. 빙그르르 돌아보았다. 그리고 누웠다. 축축한 잔디에 옷이 젖어 들었다. 섬세한 숨을 쉬었다. 이대로 스며들면 좋을텐데.

이곳에는 걱정이나 근심, 욕심, 질투, 허영, 화 따위의 나쁜 것은 살지 못한다. 탄생과 죽음도 없다. 소음도 매캐한 공기도 없다. 녹음의 축복이 흐르는 시간을 늦추는 곳. 아니, 어쩌면 시간이 멈춰 있는 곳이다.

그곳의 좌표를 여기에 남긴다.

마리보르 언덕 Ep 24.

북부로 가면 슬로베니아 제2의 도시 '마리보르(Maribor)'가 있다. 오스트리아 국경과 가깝고, 와인이 유명한 도시다. 나는 마리보르에 도착하자마자 약국으로 달려갔다. 전날 류블랴나(Ljubljana) 호스텔에서 배드버그(빈대)에게 왕창 물려 온몸이 벌집이 되었기 때문이다. 작은 동네 약국에 누렇게 바랜 가운을 입은 중년 여자 약사가 있었다. '배드버그'에게 물렸으니 약을 달라고 하자 그녀는 고개를 갸우뚱하더니 그게 뭐냐고 물었다. 배드버그를 모른다고? 유럽에 있는 약사가? 명칭이 다를 수도 있다는 생각이 들었다. 백문불여일견이라고 입고 있던 옷을 걷어 물린 자국을 보여주었다. 그러자 내 몸을 보고도 모르겠다고만 대답했다. 그녀가 너무나 단호하게 잡아떼며 진저리 치는 모습이 마치 '우리 깨끗한 슬로베니아

에는 그런 벌레 없어요. 당신이 끌고 온 것 같은데요?'라고
말하는 것처럼 들렸다.

기분이 나빠질 뻔했지만, 내가 너무 꼬였나 하며 그녀가
떨떠름하게 건넨 효과 모를 약을 사는 것으로 마무리됐다.
내가 이 쓸데없는 약국 사건을 구구절절 말한 데에는 이유
가 있다. 나는 마리보르에서 명백한 인종차별을 여러 번 당
했다. 3일 뒤 마리보르를 떠나는 버스 안에서 그 약사의 차
가운 얼굴이 떠올랐다. 그 여자도 나한테 인종차별을 했구나
하고 결론을 짓게 될 만큼 못 된 도시였다.

첫날부터 좋지 않은 대접을 받았다. 구글 리뷰가 꽤 많이
달린 해산물 레스토랑이었다. 그 레스토랑의 이미지를 떠올
리면 가장 먼저 생각나는 단어가 '산만함'이다. 메뉴판이나
음식이나 어느 것 하나 정돈되어 있지 않았다. 그중 최악은
직원이었다. 금발로 탈색했으나 뿌리 염색을 3개월 이상 하
지 않아 두 가지 색이 된 머리를 묶은 중년 여자 직원. 그녀
는 내 앞을 한참 지나다니다 '뭘 주문하는지 들어나 보자'라
는 식으로 다가왔다. 그녀가 슬로베니아어로 추정되는 낯선
언어로 내게 말을 걸었다. 나는 말을 못 알아들었다는 뜻으
로 멋쩍은 미소를 지으며 고개를 갸우뚱했다. 그러자 그녀의
표정이 싸늘해졌다.

"그렇게 웃고만 있으면 내가 어떻게 알아들어."

그녀가 이제서야 영어로 말했다. 농담이 아니었다. 짜증 섞인 목소리였다.

"영어로 해주실 수 있나요?"

정확히 기억은 안 나지만 이렇게 말했던 것 같다.

"뭘 주문할 거니."

주문 이후 서비스도 엉망이었다. 스타터로 주문한 치킨 누들 수프는 5분 만에 나왔고-5분 만에 나올 만한 맛이었다- 주요리인 오징어구이는 40분을 기다려도 나오지 않았다. 인내심이 부글부글 끓어 증발할 때쯤 나왔는데, 먹으려는 순간 접시를 뺏어갔다. 잘못 나왔다면서.

"이거 네 거 아니야. 잠깐 기다려."

정말 뻔뻔했다! 그러더니 다시 5분을 기다리게 했다. 불행인 건 음식도 최악이었다. 너무 짜서 먹을 수 없었다. 그쯤 되니 나를 골탕 먹이려고 일부러 소금을 들이부었나 싶었다. 늦게 나올 거라는 예고도, 잘못 나와서 미안하다는 사과도 없었으니 이 정도면 합리적 의심 아닌가. 그녀는 다른 테이블에서 너무도 환하게 웃으며 일했다. 그 웃음이 어찌나 밝던지 내가 와서 '노스마일 존'을 만든 게 미안해질 정도였다.

마리보르에 있는 동안 대체로 우울했다. 그래서 아침에 일어나 조깅을 했다. 몸을 움직이면 이 우울감이 떨어지지 않을까 해서 도망치듯 뛰었다. 도시를 한 바퀴 돌자 땀이 나고 열이 올라 배드버그 물린 자국만 더 가려워졌다. 미지근한 물로 오랫동안 샤워를 했다. 배낭에 인스턴트커피가 한 주먹 있었지만, 일부러 카페를 찾아가 카푸치노를 마셨다. 내가 나 자신을 대접하는 식으로 기분을 풀었다. 스케치북에 연필로 두들링을 하다가 크레파스로 색칠하고, 지금 감정에 대한 글을 쓰고, 아껴두었던 책을 읽었다.

이제 괜찮아졌나? 싶을 때쯤 거리를 걷다가 또 인종차별을 당했다. 마주 보는 방향에서 남자 세 명이 오고 있었다. 그들과 가까워질 때쯤 끝에 있는 놈이 씩 웃으며 나를 봤다. 뭔가 불길한 미소였다. 아니나 다를까, 나와 스쳐 지나가는 순간 '칭챙총 칭챙총'하고 노래를 불렀다. '칭챙총'이란 가장 심한 인종차별 단어다. 중국어, 혹은 동아시아어의 발음을 조롱하는 의성어로 알려져 있다. 만약 유명인이 방송에서 '칭챙총'이라고 한다면 나락행을 피할 수 없을 것이다.

나는 못 들은 척할 수 있었다. 프랑스 길거리에서 여러 번 인종차별을 당한 뒤로 헤드폰을 끼고 걷는 습관이 들어 다행이었다. 명백히 들어버리면 무슨 대응이라도 해야 할 텐데 그럴 배짱은 없고 그렇다 해서 아무것도 안 하기엔 자존심 상하니까 차라리 '아무것도 모르는 상태'가 낫다.

나는 유독 '마리보르'에만 인종차별이 팽배한 이유가 있는지 궁금했다. 슬로베니아에 있는 동안 다른 도시에서는 한 번도 인종차별을 겪은 적이 없었다. 오히려 모두 친절했고, 곤경에 처했을 때 성심껏 도와줬으며 내게 마음을 열고 다가와 준 친구도 있었다. 마리보르의 역사를 뒤적거려본 뒤 내가 내린 추측은 이러하다. 갑자기 역사 얘기를 해서 미안하지만, 꽤 일리 있는 의견이니까 끝까지 읽어주시길.

15세기 후반까지는 마리보르가 유대인 인구의 본거지였다. 그러나 합스부르크 왕조가 온 뒤로 와인 산업 발전했고, 마리보르 인구가 증가했다. 1496년, 늘어난 인구를 줄이기 위해 그들은 유대인을 추방했다. 18세기 산업혁명 전에는 마리보르의 인구 82%가 독일인이었다고 한다. 변화는 1차 세계 대전이 끝나고 찾아왔다. 1919년 루돌프 마이스터 장군이 슬로베니아, 유고슬라비아 군대를 끌고 와 도시를 장악했다. 그때 독일인이 추방 당했다.

1941년에는 나치와 합병되는 것을 피할 수 없었다. 여기서 히틀러가 마리보르에 와서 '이 땅을 다시 독일 것으로 만들라.'라고 한 게 유명하다. 연합군이 폭격을 가해 도시의 절반이 파괴됐다. 이번에는 슬로베니아인이 추방당했다. 전쟁 후 히틀러가 저물고 난 뒤에는 또다시 독일인이 마리보르에서 추방당했다.

마리보르는 '추방'의 역사가 있다. 작은 도시에서 이렇게 여러 번 추방하고 추방당한 건 흔치 않은 일이다. 그러니 지역 정체성 형성 과정에 부정적인 영향이 미쳤을 듯하다. 아직도 가정 내에서 내려오는 말로 독일인은 이렇다, 유대인은 이렇다, 슬로베니아인은 이렇다는 스테레오 타입도 존재하겠지. 민족적 동질성이 두드러진 이들에게 차별이 무슨 의미일지 다각적으로 살펴볼 필요가 있다. 이렇게 나름 추측을 하고 난 뒤에야 그들을 용서했다. '그냥 그렇게 됐구나! 어쩌다 보니까'라며 털어버렸다. 그런데 여행자로서 참 억울하다. 어떤 도시로 가기 전에 일일이 역사학 자료를 뒤져서 조사할 수는 없지 않은가.

마지막 날이었다. 나는 사람을 피해 한적한 공원으로 갔다. 호수 위를 떠다니는 오리 떼를 구경하며 오후를 보냈다. 공원 산책로를 걷다 보니 꽤 깊은 숲속까지 들어왔다. 아무도 없어 마음이 편안해졌다. 햇살이 수놓아져 바스락하게 말려진 단풍을 따라갔다. 그러다 숲이 끝나고 탁 트인 들판이 나왔다. 와인 농장이었다.

나는 들판을 걸었다. 푸르른 언덕이 옹기종기 모여 있었다. 와인 농장에는 온 힘을 다해 키운 열매를 내어주고 초라해진 포도나무가 가만히 서 있었다. 아직 전세 계약 기간이 남아서 어쩔 수 없이 지내는 사람처럼 보였다. 그에 반해 들판에 자란 잔디는 유독 키가 컸다. 포도나무가 약해진 틈을 타 영양분을 독차지해 몸을 키운 모양이었다. 여기엔 사람이 지나다니지 않으니 밟혀 꺾일 일도 없다. 겨울이 오기 전까지 잔디 세상이다.

마리보르 언덕 위에 서서 도시를 내려다봤다. 바람이 차게 불었다. 나는 가방을 풀밭 위에 던져 놓고 베개 삼아 누웠다. 햇볕이 쬐는 들판이라 흙에 있는 수분이 날아가 눕기에 알맞았다. 지금 이 순간에 어울리는 노래를 들어야지. 하울의 움직이는 성 OST '세계의 약속'을 골랐다. 지나가는 구름을 구경했다. 파란 하늘에 수채화처럼 번진 구름 하나가 천천히 지나갔다.

결국 또 여기구나. 들풀과 나만 남겨졌네.

이런 비관적인 생각이 스치는가 하면 지구 멸망 후 나 혼자 남겨지는 상상을 해보고, 인생 계획을 세우며 건설적인 생각을 뚝딱뚝딱 해내다가 '그게 다 무슨 소용이냐 죽으면 다 사라지는데'라는 철학 망치로 허물어버리고, 이렇게 깊은 사색을 할 때와 아무런 생각도 하지 않을 때 내 뇌수의 맛도 달라질까 하며 기묘한 궁금증에 빠져있다가.

마침내 아무것도 생각하지 않았다.

그저 숨을 쉬었고 두 뺨으로 바람을 느꼈다.

외로웠던 내게 손을 내민 건 와인 농장 한구석, 마리보르 언덕이었다. 이날 이후로 마리보르 언덕은 내게 상징적인 존재가 됐다. 모든 게 싫어져서 어디론가 도망치고 싶어지면 눈을 감고 '세계의 약속'을 들으며 마리보르 언덕을 떠올렸다. 그날의 감각이 되살아나면 그럭저럭 버틸만한 힘이 솟았

다. 참 이상하다. 마리보르가 좋았던 것도 아니고 그 와인 농
장 구석이 특별하게 아름다웠던 것도 아닌데 그저 소박한 기
억 한 조각이 내 마음을 순환시킬 맑은 샘이 되어주다니. 이
런 행운도 온다. 어쩌다 보니까.

바위산의
바이탈 사인

98년생 애송이가 '지금까지 살면서 가본 트레킹 중에 최고'라는 표현을 쓴다 한들 얼마나 와 닿겠나 싶지만, 가히 그런 극찬을 하고 싶은 곳이 있다. 바로 '크란스카고라(Kranjska Gora)'다.

슬로베니아 국기에 있는 동그란 문양을 자세히 보면 산이 있다. 슬로베니아의 심장이라고 불리는 '트리글라브(Triglav)' 산이다. 나는 크란스카고라에 가서 그 산에 오를 작정이었다. 그리고 그 무식한 계획은 보기 좋게 실패했다. 트리글라브 산은 어려운 산이다. 정상 경로로 가면 보통 2~3일이 소요된다. 어찌어찌 산 중턱까지 오르더라도 정상까지 가려면 위태로운 비아페라타 구간을 지나야 한다. 그렇기에 초보 등산가는 가이드와 함께 가지 않으면 위험하다. 나는 그 사실을 크란스카고라에 도착하고 나서야 알았다.

"저기, 트리글라브 산에 올라가는 시작점을 알고 싶은데요."

크란스카고라에 도착한 첫날 호텔 주인에게 물었다. 흰머리인지 금발인지 헷갈리는 머리를 한 중년 여자다. 여름에 멋진 휴가를 다녀왔는지 피부가 잘 구워진 피낭시에처럼 탔고, 주름이 깊었다. 선크림을 꼼꼼히 바르는 타입은 아닌 듯했다. 사실 오는 길에 지갑을 잃어버릴 뻔했는데, 그녀가 차를 타고 찾는 것을 도와주었다. 알고 보니 내가 타고 온 버스 좌석 밑에 지갑을 떨어트렸고 다행히 크란스카고라가 종착역이라 버스가 떠나기 전 찾을 수 있었다.

"음, 등산을 잘하시나요?"

그녀는 게슴츠레한 눈초리로 나를 훑으며 물었다. 아무래도 여행 중엔 풍족하게 먹지 못해 말라비틀어진 상태이긴 하다.

"아니요, 잘… 은 모르겠네요."

"장비는 있으신가요?"

"그것도 아니요. 아, 트레킹화는 있어요."

내가 신고 있던 신발을 보여주자, 그녀는 이걸로는 역부족이라는 듯 고개를 살짝 저었다. 그녀는 잠시 고민하는 듯했다. 내가 지갑을 잃어버렸을 때는 버스 회사에 척척 전화를 걸어주던 그녀였는데, 이제는 도무지 방법을 찾을 수 없다는 듯 지도만 자꾸 들여다봤다.

"사실, 작년에 트리글라브 산을 타던 청년 두 명이 죽었어요."

"예…?"

아, 이때 곧바로 등산을 포기했다. 그런데 그냥 끝까지 시도해 보는 척했다.

"그렇게 위험한 산인가요…?"

"여름에는 갈 만하지만, 지금처럼 쌀쌀하거나 안개가 끼면 좀 위험해요. 정상에는 눈이 있어서 미끄럽거든요. 가이드랑 같이 가면 또 모르지만요."

"아… 그럼 가이드 정보를 알 수 있을까요. 혹시나 해서요."

"그럼요. 알려 드릴게요."

대화는 이쯤에서 일단락됐다. 나는 그녀가 이면지 종이에 적어준 가이드 번호를 들고 체크인했다. 언젠가 다시 오면 전화하려나.

나는 트리글라브 산 근처라도 가보기로 했다. 원래 못 먹는 감 쳐다도 보지 않는 편이지만 이곳에는 트레킹 말고는 할 게 없었다. 다음 날 아침 9시. 배낭을 가볍게 챙기고 호텔을 나섰다. 아주 긴 코스였다. 장장 10시간이 걸렸다. 걷는 내내 혼자였다. 이 세상에 나와 길, 산밖에 없는 듯했다. 사실 정해놓은 목적지가 없었다. 오늘 10시간을 걸어서 목적지까지 꼭 가야 한다고 생각했다면 힘든 기억만 남았을지도 모른다. 하지만 순전히 이 길을 걷는 게 좋아서, 갈수록 더 아름다워지는 풍경에 반해서 걸었다. 그러다 보니 시간이 훌쩍 흘러버린 것이다.

아담한 마을을 지나 강줄기를 따라 걸었다. 초입부터 은근한 오르막길이 이어져 숨이 찼다. 사람이 워낙 없어 길을 몇 번이나 잃어버렸다. 다행히 숲속을 가르는 강줄기가 있어 물소리를 따라갔다. 이 정도로 인적이 드물면 가다가 곰이라도 마주치지 않을까 싶어 나무 사이를 유심히 보며 걸었다.

한참 걷다 배가 고파져 정어리 샌드위치를 만들어 먹었다. 그리고 또 몇 시간, 끝도 없이 이어진 숲길이 끝나고 시야가 탁 트였다. 드디어 높이 2,864m에 달하는 트리글라브 산이 보였다. 몇몇 등산객이 잔디밭에 모여 쉬고 있었다. 젊은 배낭 여행객, 가족, 노부부⋯ 그들은 산새 소리를 해치지 않을 정도로 조용하게 떠들었다.

트리글라브 산에 가까이 다가갔다. 바위산의 능선은 바이탈 사인처럼 오르락내리락했다. 그런 거친 지면에 살지 못하는 나무들은 산 주위 땅에 자리 잡았다. 햇빛이 절묘하게 갈라져 나무에만 비쳤다. 빛을 받은 나무가 연둣빛 광채를 뿜내며 허리를 곧추세웠고, 커다란 바위산이 푸른 그늘에 물들어 눈을 감았다. 일상에 치여 잊었던 사실이 떠올랐다. 세상은 아름답구나.

일에 치여 살 때는 떠올릴 겨를이 없었던 단어가 내 머리통을 탁 깨고 쓸려 들어왔다. 그것은 다시 일상으로 돌아가면 금방 복구될 만큼 가벼운 균열이었다.

아아, 나는 이토록 아름다운 세상에 살고 있었구나.

소리내어 말해보았다. 모르고 살았던 건지 알면서도 모른 척 살았던 건지 알 수 없다. 적어도 나로 한정된 세상에서 가장 아름다운 곳이 여기인 건 확실하다. 안도의 한숨을 깊게 내쉬었다. 두 눈을 감았다. 햇살이 눈을 어루만지자 시야가 주황빛으로 물들었다. 반쯤 벌린 입 사이로 갓 태어난 공기가 흘러 들어왔다.

상록수 나무 사이에 난 오솔길을 걸었다. 당장 크리스마스 트리로 써도 될 만큼 장성한 나무와 허벅지 높이의 무고소나무(Pinus mugo)의 행렬을 따라갔다. 시원한 흙냄새가 났다. 걷다 보니 표지판이 나왔다. 여기 나무 중 하나를 잘라 만든 듯 통나무 프레임을 씌운 표지판에는 이렇게 쓰여 있었다.

단, 1분만.
표지판을 보지 마세요.
말하지 마세요.

사진도 찍지 마세요.

그저 자연이 만든 이 걸작을 관찰하고 감상하세요.

듣던 음악을 끄고 마음을 가다듬은 후 걷기 시작했다. 그러자 모든 것이 달리 보였다. 비정상적으로 시끄러웠던 세상이 비로소 태초로 돌아간 듯했다. 생각해 보니 언제부터인가 적막을 견디지 못하게 됐다. 샤워할 때 물소리만으로 충분하지 못해 노래를 틀어놨고, 자기 직전 고요함이 거북해 유튜브를 틀어놨고, 버스를 탈 때, 운동할 때, 운전할 때, 산책할 때 전부 인위적인 소리에 의존했다. 조용한 게 낯설어진 건 언제부터였나. 축축하고 폭신한 이끼 바닥에 누워 떠가는 구름을 봤다. 걷느라 지쳐 저릿한 다리를 주무르며 깨끗한 공기를 마셨다. 풍경과 적요에 젖어 들었다.

로제 와인과
로제 와인색 하늘

슬로베니아에 오는 여행객은 온 김에 들렀다 가는 경우가 많다. 그래서 길게 있어봤자 사흘, 나흘이다. 그도 그럴 것이, 슬로베니아의 면적은 우리나라 전라도와 흡사하다. 차로 한두 시간이면 슬로베니아 어디든 갈 수 있다. 이런 작은 나라에 40일 동안 발이 묶였다는 건 겨울 문턱에도 바다를 찾아갈 정도로 구석구석 가보았다는 뜻이다. 여행객 대부분이 이탈리아 동북부에 있는 '트리에스테(Trieste)'에 갈 때, 나는 슬로베니아 끝자락에 있는 '이졸라(Izola)'에 갔다.

이졸라는 이탈리아와 붙어 있는 바닷가 마을이다. 색이 짙은 타국 옆에 붙어있는 소도시는 물들어있다. 젤라토 가게, 항구 레스토랑 뇨끼와 이탈리아식 피자, 베네치아처럼 알록달록한 건물 등 문화가 묘하게 섞여 있다. 그러나 아무리 가까이 있죠 한들 슬로베니아는 슬로베니아다. 어릴 적 꿈에서 본 듯한 나라. 책 사이에 끼워둔 들꽃을 닮은 도시. 그게 바로 정체성 아닐까.

예상은 했지만, 11월에 바다 마을을 찾는 관광객은 거의 없었다. 덕분에 6인실 도미토리를 혼자 썼다. 닷새 동안 나와 호스텔 가이 둘 뿐이었다. 그런 처지라 둘 다 심심한 탓에 가끔 수다를 떨었다.

"오, 오늘도 요리하나요?"

"네, 파스타 해 먹으려고요."

내가 주방에 있으면, 그가 슬쩍 나와 말을 건다. 30대 중후반으로 보이는 남자였는데, 키가 작고 미국 드라마 〈프렌즈〉에 나오는 로스 겔러와 닮았다. 중안부가 긴 유럽식 말상. 말이 느리고 팔자걸음이 심하다. 왠지 정당한 대가를 받고 일하는 직원이 아니라 잘 곳이 없어 비수기 호스텔에 더부살이하는 것처럼 보였다. 그가 너털웃음을 지을 때면 뒤통수를 벅벅 긁으며 면접 보는 장면이 상상된다. '베개랑 이불만 있으면 어디서든 잘 수 있어요'라든가 '투숙객이 없으면 나가서 놀아도 되죠?'라는 질문을 할 법하다.

"파스타에 콜리플라워를? 좋네요."

"하하, 슬로베니아는 콜리플라워가 맛있더라고요."

"그렇죠. 신선하죠."

그는 별다른 할 말이 없으면서도 파스타가 거의 완성될 때까지 주방 근처를 서성거렸다. 말이 끊길 때면 텅텅 빈 냉장고 문을 열어 누가 두고 가서 썩고 있는 피클 병 따위가 있는지 확인했고, 그것도 없으면 차를 끓여 마셨다.

"슬로베니아는 여행 중인가요?"

"네. 오늘로… 28일 차예요."

"예?! 28일이요? 왜요?"

슬로베니안은 대개 이런 반응을 보였다. 내가 장기 여행 중이라 하면 이해가 가지 않는다는 표정으로 왜 그런 결정을 내린 것인지 궁금해했다. 처음에는 그 반응이 웃겼고, 나중에는 오히려 내가 묻고 싶었다. 당신들은 왜 오랫동안 있겠다는 내 결정에 의문을 품나요? 이렇게나 아름다운 곳에 살면서. 나는 그렇게 질투 섞인 반문을 하는 대신 기분 좋은 대답을 했다.

"저는 슬로베니아가 너무 좋아요. 안전하고 깨끗하고. 그래서 최대한 오래 있기로 했어요."

"세상에… 정말 감동적이네요. 이런 말은 처음 들어봐요. 보통 슬로베니아를 잠시 스쳐 오스트리아나 이탈리아에 가거든요."

나는 속으로 '저도 사실 가고 싶은데 여권 문제로 갇힌 거예요'라는 말을 삼켰다-당시 여권 분실 사건으로 타국에 갈 수 없었다-좋은 게 좋은 거지. 무슨 콩고물이 떨어질지도 모르니까. 여행을 오래 하다 보면 이런 처세술만 늘어간다. 이 대화 덕분인지 원체 그가 친절한 건지 알 수 없지만, 이졸라에 있는 동안 그가 꽤 잘 챙겨주었다. 맛집을 추천해 준다든가, 트레킹 코스를 상세히 설명해 주고, 체크아웃이 늦어도 별말 없이 숙박비를 깎아주었다.

이졸라에서 3일째 되던 날이었다. 그날은 온종일 바다에만 붙어 있기로 작심했다. 마트에 들러 간식거리와 로제 와인을 샀다. 가방에 노트와 책, 스케치북까지 바리바리 싸 들고 숙소에서 가장 가까운 해변으로 갔다. 목 좋은 곳에 우비를 깔고 앉았다. 나는 로제 와인을 병째 홀짝이며 바다와 어울리는 음악을 찾아서 들었다. 로제 와인을 반쯤 비웠을 때, 해가 수평선을 향해 슬그머니 내려왔다. 안주로 먹을 그린 올리브 병을 딴다고 잠시 한눈을 팔았다가 다시 앞을 봤는데, 하늘이 그 짧은 시간 만에 분홍색으로 물들어 있었다. 나는 깜짝 놀라 그만 올리브를 쏟을 뻔했다. 선명한 분홍색 하늘. 구름길에 진달래가 피었다. 바다도 그 빛에 물들어 분홍빛 윤슬과 함께 찰랑거렸다. 거리에 있는 사람들 전부 걸음을 멈추고 그 노을에 홀려 있었다. 카메라를 든 어느 사진작가는 귀까지 붉게 달아오를 정도로 흥분해 있었다. 그 누구도 하늘을 보지 않는 사람이 없었다. 류블라냐에 평생 산 사람도, 이곳에 처음 온 사람도, 35일 동안 머문 사람도 전부 태어나 이런 것은 처음 본다는 표정으로. 장미향 입욕제를 푼 욕조에 몸을 푹 담그는 듯한 느낌으로. 로제 와인 색 하늘, 로제 와인 색 구름, 로제 와인 색 바다, 그리고 로제 와인. 아아, 황홀해라.

낭만이란 불편하고 귀찮고 의미 없지만 마음이 시키는 것이라고 한다. 불안이 내 인생의 유속을 재촉할 때 나를 버티게 한 힘은 낭만에서 나왔다. 점심시간에 공원에서 책을 읽는 것, 비 오는 날 대뜸 밖으로 나가 뛰어보는 것, 목적지도 모르는 기차에 타 종점에 내려보는 것, 핸드폰 없이 지도만 보고 여행해 보는 것… 그 순간만큼은 먼지 날리는 공사장 같은 내 마음에 꽃잎이 촤르르 흩뿌려진다. 낭만 먹고 살 수 없다지만, 낭만을 먹어야 살아진다. 미국의 소설가 로스 맥도널드가 이런 말을 했다.

"캘리포니아에는 사계절의 변화가 없다고들 하는데 실은 그렇지 않다. 주의력 부족한 인간이 그 변화를 느끼지 못할 뿐."

삭막한 줄 알았던 일상도 자세히 들여다보면 낭만이 숨어 있다. 조용하던 마음이 강렬하게 어떤 말을 한다면 그저 행동으로 옮겼으면 한다. 한 가지 문제가 있다면… 낭만은 비싼 값을 지불해야 한다는 것.

한 시간 만에 와인 한 병을 비웠다. 노을을 바라보며 잔을 기울이다 보니 어느새 병은 텅 비어 있었다. 취기가 오르는 줄도 몰랐다. 아니, 알면서도 멈추지 않았다. 결국 만취. 몸은 중심을 잃고 이상한 궤적으로 흔들렸고, 어딘가에 부딪힌 뒤 그대로 침대 위로 고꾸라졌다. 새벽녘에 잠시 정신이 들었을 때는 화장실 바닥에 누워 있었다. 차가운 타일의 감촉이 등을 타고 올라왔다. 어떻게 다시 침대로 돌아왔는지는 기억나지 않는다. 몸이 나를 대신해 움직였던 것인지, 그 사이의 시간은 통째로 비어 있다. 그토록 지독한 숙취는 처음이었다. 오후가 되도록 로제 와인 색 토를 쏟아냈다. 속에서 올라오는 색깔마저 분홍빛이라니… 로제 와인. 그날 이후로는 단 한 방울도 입에 대지 않았다. 물론 장담은 못 한다. 어쩌다 또 로제 와인 색으로 번지는 하늘을 마주한다면, 와인의 유혹을 외면할 수 있을까.

11월 28일

84일간의 유럽 여행을 마치고 한국으로 돌아가기 전날, 나는 마치 정들었던 친구와 작별하는 것처럼 애석한 마음에 시달렸다. 긴 여행을 마치고 돌아갈 준비를 할 때는 늘 기분이 싱숭생숭하다. 한국행 비행기에 올랐다. 보고 싶은 가족과 그리운 친구의 얼굴을 그리며 긴 비행을 했다. 류블랴나 국제공항에서 두바이 국제공항까지. 공항에서 4시간 체류한 뒤 다시 비행기를 타고 인천 국제공항까지. 하루 꼬박 걸려 한국 땅을 밟았다.

집에 오자마자 엄마 밥을 먹었다. 엄마는 며칠 전부터 내가 먹고 싶다고 했던 음식을 준비해 두셨다. 간장 새우, 등갈비 김치찜, 꽈리고추 멸치볶음, 양념게장까지. 아빠는 겨울에 제철이라는 과메기를 사다 두셨다. 나는 입안 가득 쌀

밥을 먹으며 부모님의 사랑이 소중하다는 것을 다시금 느꼈다. 밥을 먹자마자 내 방 침대에 누웠다. 삐걱거리는 2층 철제 침대가 아닌 내 침대. 위층에서 코 고는 외국인 남자가 없는 나만의 방. 사랑하는 내 강아지 하루를 끌어안고 한참 쓰다듬다가 잠들었다.

4시간 뒤, 새벽 3시. 전화벨 소리에 깼다. 부재중 전화가 10통 넘게 찍혀 있었다. 그 전화는 장례식장에서 걸려 온 전화였다.

내가 두바이 공항에 도착했던 그 시각, 내 친구가 죽었다.

그 애는 나와 초등학교 동창이다. 우리는 전화를 자주 했다. 나는 친구 카테고리가 세세하게 나누어져 있는 편인데, 그 애는 내게 '언제 어디서든 전화해서 뭐든 말할 수 있는 친구'였다. 그 카테고리는 그 애로 인해 만들어졌고, 그 애가 아닌 누구도 들어올 수 없었다. 그 애는 2년 째 마음의 병을 앓고 있었고, 우리는 핸드폰이 뜨거워질 때까지 아픔에 대해 말하곤 했다.

크리스마스 때, 우리는 동네 친구 집에 놀러 갔다. 그날 다 함께 손을 모으고 내년 목표를 세웠는데, 그 애의 목표는 '행복하기'였다. 고전소설 포함 책 50권을 읽겠다는 내 목표와 달리 그 애의 목표는 도자기가 되기 전 옹기토 덩어리처럼 뭉뚱그린 모양새였다. 유난히 추웠던 그해 크리스마스 밤,

나는 그 목표를 들으며 그 애 손목에 차오른 분홍빛 새살을 만져 보았다. 우리가 모은 손목 중 가장 여린 손목이었다.

슬로베니아를 여행할 때, 유독 그 애에게서 전화가 자주왔다.

"뭐 해? 책 읽어? 너 진짜 멋있다. 거긴 어때? 좋아?"

그 애는 그런 질문을 했고, 나는 너무 행복하다고 대답했다. 그 애는 내가 보고 싶다고 했다. 늘 농담 따먹기만 하는 우리 사이에 보고 싶다는 말은 생소했다. 여행이 길어지니까 애가 별말을 다 하는구나 싶었다. 크란스카고라에서 트레킹을 하고 돌아와 비 오는 창밖을 바라보며 와인을 마셨을 때도 전화가 왔다.

"등산은 어땠어? 안 힘들어? 좋아 보이네. 트레킹을 무슨 10시간이나 해."

"여기 너무 좋아. 깨끗하고 사람들도 친절하고 물가도 싸고."

"나도 갈까? 일주일만이라도. 너랑 같이 귀국하면 되잖아."

"야, 당장 티켓 끊어. 절대 후회 안 할 걸."

"……돈이 없네."

카타르 월드컵에서 대한민국과 우루과이가 접전 끝에 무승부를 기록한 날, 류블랴나 스포츠 펍에서 경기를 보고 숙소로 돌아가는 길에도.

“예인아, 너는 행복이 뭐라고 생각해?”

“행복? 그게 무슨 질문이야. 행복은 그냥 행복이지.”

“내 올해 목표 기억나지. 행복하기. 근데 나는 행복이 뭔지 모르겠다.”

“그냥 막연하게 그 단어를 떠올려봐. 최근에 뭘 할 때 가장 행복하다고 느꼈어?”

“음… 그냥 아침에 일어나서 무사히 밥 먹고, 운동 갔다 와서 핫후라이드 치킨 시켜 먹는 거. 그게 그나마 행복했던 것 같아.”

“더 큰 행복을 노려봐. 진짜 전율이 돋을 만큼 행복한 거 있잖아. 너는 그럴 자격이 있는데.”

“그만큼 행복할 수가 있나.”

“물론이지. 기왕 태어난 거 응당 누려야지.”

류블랴나 백화점에서 엄마에게 줄 가죽 장갑에 리본이 달린 게 좋을지 아니면 심플한 게 좋을지 고르고 있을 때도.

“예인아. 인생이 뭘까?”

“얘가 또 왜 이래. 나도 몰라. 인생이 뭔지 아는 사람이 어딨어.”

“너는 알 것 같았는데.”

“몰라. 나 지금 바빠.”

“예인아. 나 도대체 왜 살아야 하는지 모르겠어.”

“…모르는 게 당연해. 우리는 어쩌면 몰라서 사는 거 아닐까? 내일 당장 무슨 일이 일어날지 모르니까 그게 궁금해서라도."

"내일이 궁금하지 않아, 나는. 그냥 살고 싶지 않아."

숙소로 돌아가는 길 내내 그 애는 숨죽여 울었고, 나는 끝내 질문에 대한 답을 하지 못했다. 내가 할 수 있었던 건, 그 애를 보고 나약하다고 한 누군가에게 대신 화를 내주는 것뿐이었다. 그마저도 너는 왜 화를 내야 할 일에 울고 있느냐고 타박하는 말을 덧붙여서. 내일모레 한국에 도착하면 네가 가장 좋아하는 핫후라이드 치킨을 사 들고 찾아가겠다는 약속을 끝으로 전화를 끊었다. 그 전화가 마지막이 될 줄 몰랐다.

그 애가 죽기 직전 내게 전화했을 때, 나는 두바이 상공을 날고 있었다. 그 새벽, 그 애의 방 안에 두 번 울렸던 카카오 보이스톡 연결음을 떠올리면 내 정신이 심연으로 추락하는 듯한 느낌이 든다. 그 전화를 못 받은 벌로 그 애가 내게 남기려 했던 유언을 영원히 알 수 없게 됐다. 그 애는 그냥 그렇게 가버렸다. 그게 전부다. 칼바람이 불고 추운 날에 여름 재킷을 부랴부랴 입고 온 동네 친구 놈이 손을 벌벌 떨며 운구했다. 전세버스를 타고 식당에 들러 그 애 부모님께서 사주시는 동태찌개를 먹고 봉안당에 갔다. 한 줌이 되어버린 그 애는 내 책장 한 칸보다 조금 더 작은 공간에 쏙 들어갔다.

내 마음속에는 그 애의 이름이 적힌 버튼이 하나 있다. 그 버튼을 누르면 머릿속에 문장이 뜬다.

'그 애는 죽었어. 다시는 못 봐. 이 세상에 없어.'

그럼 마치 그 사실을 처음 알게 된 것처럼 온몸에 우수수 소름이 돋는다. 이렇게 허무하게 가버렸다는 걸 믿을 수 없어서일까. 한동안 사후세계를 건설하는 것에 골몰했다. 인생은 단 한 번뿐이라는 두려움이 사후세계를 구성할 부품이 됐다. 여러 추억과 죄책감을 조합해 뼈대를 세웠다. 숱한 후회를 한데 모아 녹였다. 그것을 굳혀 벽을 세웠다.

내가 만든 그 세계는 염라대왕이 심판하는 진부한 세계가 아니다. 형이상학적으로 그 세계를 표현하자면, 아직 죽지 않은 자는 꿈에서도 볼 수 없는 것으로 가득 찬 세계다. 죽은 자가 그 세계에 처음 발을 들였을 때, 아! 하루라도 더 빨리 죽을걸! 이라고 외치며 이마를 탁 치는 세계 정도면 설명이 될까. 그 애가 보고 싶어질수록 그 세계는 더 세밀하고 다채로워졌다. 날씨를 정하고 향을 입히고 멋진 건물도 지었다. 그 여파로 몇 달 동안 악몽을 자주 꿨다.

시간이 흐르며 신기했던 부분은 그 애의 죽음과 슬로베니아 여행이 뒤섞여 기묘한 기억 덩어리가 된 것이다. 그 덩어리는 특이했다. 인생 가장 행복했던 기억과 가장 아픈 기억이 섞이면 그것만큼 난처한 게 없다. 그 애를 떠올리면 슬로베니아가 떠오르고 슬로베니아를 떠올리면 그 애가 떠오른다. 같이 여행한 것도 아닌데. 한동안 그게 괴로웠지만 이젠 그저 신기하다. 흥미로운 눈으로 그 덩어리를 물끄러미 보곤 한다.

　아픔이 옅고 옅고 옅어져 비로소 드러난 건 역시 죄책감이다. 그 애의 신호를 알아듣지 못한 나의 무지에 대한 죄책감. 가장 필요할 때 가장 멀리 있었던 것에 대한 죄책감. 그 애가 눈물 흘린 곳이 어두운 자취방이 아니라 노을이 타오르는 류블랴나였다면 좀 더 빨리 마르지 않았을까 하는 의문이 지속됐다. 하지만 역설적으로 그 애가 죽어서 또 다른 세계로 가던 길에 가장 가까이 있었던 사람은 내가 아니었을까. 그 애가 죽은 그 시간, 나는 두바이 하늘을 날고 있었다. 어쩌면 내가 그 애를 배웅한 것이다.

　나오지 마 나오지 마하며 손사래 치는 그 애.

　아이, 됐어. 해발고도 11,000m까지만 갈게 라며 따라 올라가는 나.

　2023년 11월 28일. 오늘은 그 애의 첫 기일이다. 나는 독일 뮌헨의 한식당에서 한 병에 18,500원짜리 소주를 마시며 이 글을 쓰고 있다. 바텐더에게 잔을 두 개 달라고 하자 말없이 건네주었다. 내 얼굴에 자세히 묻지 말라고 쓰여있는지도 모르겠다. 눈 오는 거리를 뚫고 와 침울한 표정으로 바 테이블에 앉아 깡소주만 마시는 사람에게는 뭔가 사연이 있다고 추측할 법하다. 잔에 소주를 가득 채우고 혼자서 짠하고 부딪쳤다. 그 애는 약을 먹기 시작한 뒤로 술을 끊었으니 나와는 처음으로 술을 마신다. 술이 유독 쓰다.

낮에 노이반슈타인 성에 다녀왔다. 오늘은 그 애와 함께 여행한다고 상상하며 계속 혼잣말을 했다. 눈이 많이 오네. 이따 못 돌아가는 거 아니야? 독일도 엄청나게 춥다. 뭐 먹을래? 네가 좋아하는 핫후라이드 치킨은 없는데, 치킨 케밥이라도 먹을까. 여기 눈보라 정도는 하늘에서 네가 어떻게 조절할 수 있는 거 아니야? 힘들어 죽겠네. 마치 내가 그 애의 발이 된 것처럼 열심히 걸었다. 그 애가 못 보고 간 세상이 너무 넓다. 미치게 아름답다. 한 병을 금방 비웠다.

음.

이런 얘기를 털어놓은 게 처음이라 뭐라고 끝내야 할지 모르겠다. 그냥, 지금 드는 생각인데 갑자기 하늘에 구멍이 뚫려서 그 애를 다시 만난다면 꼭 물어보고 싶다. 너를 배웅해 준 건 정말 나였어? 그때 내가 그 비행기를 타고 하늘을 날고 있을 때 우리가 정말 만났을까.

꽃무덤

꽃무덤에 서서 말했다
흐드러지게 핀 꽃처럼 살다 가느냐고

내 곁에 한 철 피고 가는구나
볕과 바람만 남겨둔 채

씨앗 하나 뿌리지 못하고
벌과 나비마저 머물지 못하고

네 찰나의 생은
매 철 마다 돌아오겠지

짧은 것이 무색하게

참으로도 진득하게

배드버그, 그는 누구인가

물려본 사람만 안다.

'유럽여행'

이라는 단어를 들으면 반사적으로 튀어나오는 걱정이 있다. 크게 두 가지라고 생각하는데, 그건 '소매치기'와 '배드버그'다. 나는 운 좋게 소매치기를 당한 적이 없어 배드버그에 대해 얘기해 보겠다. 어떻게 보면 소매치기와 같은 맥락이다. 나도 모르는 사이에 뺏긴다는 행위는 같으니까. 가해자가 사람이 아니라 벌레고 뺏긴 게 돈이 아니라 피일뿐이다.

솔직하게 고백하자면… 많-이도 물렸다. 마지막에 물렸을 때는 '또야? 지긋지긋하네'라는 한숨이 흘러나올 정도였다. 내가 특별히 더러워서 그런 게 아니라(샤워 자주 합니다) 값싼 호스텔에 자주 가서 그렇다.

근데 또 호스텔 때문이라 단정 지을 순 없다.

똑같은 호스텔, 똑같은 방에 며칠 동안 지냈어도 나만 물린 경우도 있었다. 그래서 외로운 싸움을 했다. 물린 사람이 여럿이면 다 같이 몰려가서 환불해 달라고 따질 수 있었을 텐데, 나만 물렸으니 되려 내가 원인 같지 않은가. '서양

인 피는 널렸으니까 희소가치가 있는 동양인 피를 마시자!'
배드버그가 이런 생각을 하는 건 아닐까 싶을 정도로 억울한
상황도 있었다.

자, 이렇게 서두를 던졌으니 심심한 과학자가 이 글을 읽
게 된다면 배드버그가 동양인 피를 더 좋아하는지 실험으로
밝혀주시길 바란다.

Q 그들에 대해 알려주세요.

배드버그, 우리나라말로 빈대입니다. 아무래도 한국인들
은 생소할 수밖에 없으니 이들에 대해 소개하자면, 습하고
어둡고 더러운 환경을 좋아합니다. 특히 침대 매트리스 밑이
주 서식지라고 볼 수 있습니다. 주식은 동물이나 사람의 피
를 먹고사는데, 성충은 체중의 최대 6배 이상의 혈액을 섭취
할 수 있습니다. 그래봐야 얘들 몸무게가 얼마나 되겠나 싶
겠지만, 문제는 피의 양이 아니니까요. 그냥 강력한 놈들이
라고 보시면 됩니다.

밤에 활동합니다. 가끔가다 낮에도 보일 때가 있는데, 인
간들도 밤낮이 바뀔 때가 있으니 그런 경우 아닐까 싶습니
다. 이들이 특히나 무서운 점은 소리 소문 없이 돌아다닌다
는 점입니다! 매우 작고 조용해서 당신의 몸 위를 기어 다녀

도 모를 지경입니다. 그런 면에서 모기는(고작 모기 따위와 비교하고 싶지 않지만) 아주 친절하다고 볼 수 있습니다. 적어도 소리로 경고를 해주니까요. 예를 들어 고속도로에서 칼치기로 끼어들었지만 깜빡이는 켰다 정도로 볼 수 있습니다.

이들의 가장 두드러지는 습성 하나를 말씀드리자면, 간호사도 아닌 것이 혈관 찾기 전문가입니다. 물론 눈으로 보고 짚어보고 아 대혈관이 여기 있군 하며 찌르는 게 아니라 무식하게 소혈관을 다 찔러보며 찾는 유형입니다. 그러니까 인간으로서 굉장히 화가 나는 부분이에요. 처먹을 거면 더럽게 뒤적거리지 말고 깔끔하게 먹고 꺼지던가 내 몸이 뷔페냐? 이것저것 다 담아서 먹어보고 제일 맛있는 거 고르게?

당한 게 많아서… 잠시 욱했네요. 죄송.

아무튼 요약하면 강력하고 조용하고 기술적인 밤의 킬러(?)입니다.

ⓠ 물렸을 때, 어떻게 되나요?

좋은 질문입니다(자문자답입니다). 여기서도 일반 벌레와 다른 점을 찾을 수 있습니다. 배드버그에게 물리면 '잠복기'를 거쳐야 합니다. 첫날에는 별 타격이 없습니다. 어? 여기가 좀 가렵네? 싶어서 거울로 보면 연한 핑크빛 자국이 나 있습니다. 그럼 좆됐다고 보시면 됩니다.

빠르면 2일 차, 늦으면 3일 차부터 지옥문이 열립니다. 일상생활이 불가능할 정도로 심한 증상들이 동반됩니다. 5일 차부터 차츰 괜찮아집니다. 일주일이 지나면 고통이 끝납니다. 연한 자국만 가슴 아프게 남아있습니다.

Q 얼마나 가려운가요?

앞서 슬로베니아 편에서 말했듯이 가렵다는 표현은 너무 가볍습니다. 자고로 '가렵다'면 긁었을 때 어느 정도 해소 되어야 하겠죠? 이건 그 범주를 벗어난 고통입니다.

일단, 화끈거립니다. 손을 대보면 실제로 열이 올라서 물린 부위가 뜨겁습니다. 옷에 스치기만 해도 온도가 올라가는 듯합니다. 육안으로 봐도 이건 뭐 짬뽕 국물을 흘렸나 싶을 정도로 빨갛습니다. 머리로는 가렵다고 생각합니다. 그러나 긁기 시작하면 아픕니다. 게다가 모기에 물렸을 때와 다르게 물린 부위가 딱딱하게 굳어 있어서 십자가도 못 새깁니다. 악순환입니다. 긁으면 아프고 멈추면 뜨겁고 가렵고, 긁으면 아프고 멈추면 뜨겁고 가렵고.

아아, 잠은 다 잤다고 봐야 합니다.

Q 만약에 물리면 어떻게 해야 하나요?

일단 약국에 가서 연고를 사세요. 바르면 조금 낫습니다. 만약 어디서 물렸는지 확실하다면 그 호스텔 데스크로 가서 물린 자국을 보여주며 환불을 요청하세요. 이건 정말 하셔야 합니다. 저는 초반에 혹시 내가 끌고 온 거라고 오해할까 봐 그냥 말 안 했는데요. 많이 겪고 난 뒤에는 직접 증거를 채취해서(배드버그를 잡았다는 뜻) 주인장에게 가져갔습니다. 사실 이렇게까지는 안 해도 됩니다. 물린 자국을 보여주세요. 그럼 환불해 줘요. 우리 조금이라도 덜 억울해야 하니까요.

그리고 당장 숙소를 옮겨야 합니다. 대신 그전에 꼭 하셔야 될 일이 있어요. 가진 짐을 모두 세탁하세요. 코인 빨래방에 가서 세탁한 뒤 *건조기*를 여러 번 돌리세요. 그리고 햇볕에다 말리면 더 좋습니다. 이 정도면 배드버그는 물론 무한 재생되는 플라나리아도 도륙이 되어 소멸했겠다 싶을 정도로 세탁하시면 됩니다.

Q 예방법은?

비싼 돈 주고 좋은 호텔에서 지내세요. 라고 말하고 싶지만 우리는 자유로운 배낭여행 자니까요. 그나마 피할 수 있는 방법을 알려드리겠습니다. 숙소 예약 플랫폼에서 후기를 자세히 보세요. 배드버그에 물리면 이거 보통 억울한 게 아니기 때문에 대부분 후기를 작성합니다. 체크인할 때, 방을 잘 살핍니다. 햇빛이 잘 들어오는지(밤에 체크인한다면 숙소 주인에게 물어보세요), 환기를 잘 시키는지, 침구를 자주 세탁하는지. 전반적인 위상 상태를 봐야 합니다. 특히 습도가 중요합니다. 벽을 잘 보고 곰팡이가 피어 있는지 확인하세요. 무슨 전셋집 구하는 것처럼 자세히 보기 좀 그렇다면 체크인 한 뒤에 살펴보고 방을 바꿔달라 요청해도 안 늦습니다.

한 방을 쓰는 투숙객도 살펴야 합니다. 보부상을 주의하세요. 짐을 무지막지하게 들고 다니며 빨래고 옷이고 여기저기 걸어두는 보부상이 있는 방에는 높은 확률로 배드버그가 있습니다. 이놈들은 어둡고 좁은 공간을 좋아하니 가방, 옷 이런 틈에 옮겨 다닙니다. 그래도 배드버그가 너무나 두렵다! 그럼 배드버그 전용 살충제를 들고 다니세요. 자기 전에 침대, 침구류에 분사하고 마음 편히 주무시면 됩니다.

아무쪼록… 물려본 적 없으신 여러분, 평생 이런 고통 모르시길 기원합니다.

그리고, 물려보신 분들.

고생 많으셨습니다…

마지막
Gate

지금 아니면
영원히 못할 말

마음 부스러기가 바싹바싹 말라서 굴러다니는 25살 가을, 나는 세르비아에서 그녀를 만났다.

그녀의 이름은 마리암. 33세, 폴란드인 변호사다. 작은 키에 고도비만이다. 피부가 하얗고 얇아 마치 아기처럼 부드럽고 양 볼에 늘 홍조가 띠어있다. 무릎 관절이 좋지 않은지 걸음걸이가 매우 특이하다. 슬리퍼를 끌며 걷기 때문에 소리만 들어도 그녀가 오는 것을 알 수 있다. 두꺼운 돋보기안경을 쓴다. 그래서 눈이 어항 속에 잠긴 것처럼 커다랗게 보인다. 잔꽃 무늬 패턴의 하늘색 홈드레스를 입고 잔다.

모든 게 특이한 그녀에게서 가장 도드라진 점은 목소리다. 영화 〈몬스터 주식회사〉에 나오는 민달팽이 캐릭터 '로즈'와 똑같다. 특히 극 중에서 "Im watching you, Wazowski"라고 말하는 대목이 소름 끼치게 똑같다. 이 글을 쓰는 지금도 그녀의 목소리가 들리는 것 같다. 지금부터 할 이야기는 내가 여행에서 만난 사람 중 가장 기억에 남는, 마리암에 관한 이야기다.

우리는 베오그라드에서 가장 저렴한 호스텔에서 처음 만났다.

그녀의 첫인상 부분에 들어가기에 앞서, 호스텔에 대해 말하고 싶다. 나는 호스텔이라는 공간에 깊고 넓고 독창적인 세계가 있다고 생각한다. 만약 사람이 물이라면 호스텔은 물웅덩이다. 여러 번 걸러져 깨끗한 1급수만 모이는 곳이 있고, 물이 고여 썩는 바람에 악취가 나는 곳이 있다. 이렇듯 다양한 물이 흘러 들어오는 곳에 당신이 발을 들였다고 생각해 보자. 당신 옆자리에 고인 물이 바닷물인지, 음용수인지, 올림픽을 위해 정화 작업을 한 센강의 물인지 당신은 모른다. 그러나 수질검사까지 할 필요는 없다. 물은 흐르니까, 그냥 흘러가게 두면 된다. 그런 호스텔 생활이 길어지면 시시각각 변하며 흘러가는 인간에게 얽매여 있는 것이 얼마나 미련한 짓인가 싶기도 하다.

그녀를 처음 만난 베오그라드 호스텔도 마찬가지였다. 매일매일 오고 가는 사람들로 가득한 곳이었다. 나는 저녁을 먹고 돌아와 침대에 걸터앉아있던 마리암에게 어색한 첫인

사를 건넸다. 내가 속삭이며 하이,라고 하자 마리암은 약 2
초 정도 내 얼굴을 응시하더니 높은 음의 쉰 목소리로 말했
다.

"Hi."

그때 잠시 눈이 마주쳤는데, 그녀의 오른쪽 눈이 심한 내
사시였다. 순간 어딜 보고 있는 것인지 알 수 없어 빤히 보다
가 실례인 것 같아 눈을 피했다. 내 침대에 눕자 그녀의 침대
가 정면으로 보였다. 그래서인지 자꾸 그녀에게 시선이 갔
다. 그녀는 가만히 있지 못했다. 건너편 1층 여자를 힐끔거
리며 돌아다녔다. 그 모습이 마치 말미잘 촉수 사이를 오가
는 흰동가리 같았다. 마리암은 마침내 결심한 듯 블루베리
잼 케이크를 들고 1층 여자에게로 갔다. 그러더니 조심스럽
게 케이크를 권했다. 두 사람은 그 계기로 열띤 수다를 떨었
다. 마리암의 침대 위에는 늘 단 것이 놓여 있었다. 어떤 날
엔 쿠키, 어떤 날엔 초콜릿. 친해지고 싶은 사람이 생기면 그
것을 건네며 말을 걸었다. 그녀가 친구를 만드는 방식은 아
주 유치하면서도 정성스러웠다.

마리암은 한 번 말을 시작하면 좀처럼 끝내는 법이 없었
다. 대부분 스페인어로 대화하는 통에 전혀 알아들을 수 없
었지만, 마리암이 대화를 주도하고 있다는 건 확실했다. 때
때로 마리암은 불안해 보이기까지 했다. 마치 테러범에게 인

질로 잡혀 말을 멈추면 폭탄이 터질 거라는 협박을 받는 것
처럼 보였다. 자정이 넘긴 시각까지 떠들면 견딜 수 없이 거
슬렸다. 첫날 1층 여자도 3시간이 넘어가자, 밖으로 피신했
다. 대화가 끝난 순간 누군가가 방 조명을 꺼버렸고 어디선
가 안도의 한숨이 들렸다. 마리암은 어둠 속에서 비적비적
자신의 침대로 가 누웠다. 핸드폰을 왼쪽 눈앞에 바짝 갖다
대고 유튜브를 봤다. 옅은 블루라이트 빛에, 구석으로 밀린
그녀의 눈동자가 보였다. 얼마 후 1층 여자가 방으로 조용히
들어와 침대에 누웠고, 마리암은 그것도 모르고 코를 골며
자고 있었다. 저 사람은 잘 때도 시끄럽구나. 꽤 오랫동안 마
리암의 목소리가 귓가에 윙윙 울렸다.

　다음 날, 우연히 방에 마리암과 단둘이 있게 됐다. 나는 그
녀에게 먼저 말을 걸었다. 그녀가 도대체 무슨 생각을 하고
있는지 왜 그리 말이 많은지 궁금했다.
　"어느 나라 사람이야?"
　그녀는 왠지 기다렸다는 듯 대답했다.
　"폴란드인이야. 너는 내가 맞춰볼게. 음, 일본인?"
　"아니, 한국인. 나는 예인이야. 반가워."
　"반가워. 나는 마리암이라고 해."
　그녀는 밝게 웃으며 다가와 악수를 청했다. 그녀의 손은
부드럽고 통통했다. 먼저 말을 건 쪽은 나였지만, 마리암이

능숙하게 대화를 주도했다.

"세르비아에는 어쩐 일로 왔어? 가장 존경하는 인물이 니콜라 테슬라여서 온 것 같지는 않은데?"

"응… 그건 아니고, 여행 중이야. 너도 여행 중이니?"

"나는 여기 살고 있어. 직업이 변호사야. 원래 보스니아에서 일했는데, 내일부터 이 근처 사무실로 출근해. 나 참, 이직이라니. 생각도 못 했는데. 하하."

"잠깐, 여기서 산다고?"

장기 투숙객인 줄은 알았지만, 호스텔에서 살고 있을 거라곤 상상도 못 했다.

"응, 나는 집에 혼자 있는 걸 별로 안 좋아하는 편이라 호스텔에 살면서 여러 친구도 사귀고 재밌는 얘기도 하고 그래. 말했다시피 "변호사"라 여러 나라 사람을 만나는 게 도움 되거든. 청소해 주는 것도 좋아. 혼자 살다 보면 그런 것 다 귀찮아지잖아?"

"그렇구나."

초반 30분은 그녀의 이야기를 꽤 흥미롭게 들었다. 그녀는 좋은 이야기꾼이었다. 살아있는 표정, 공감 능력을 끌어오는 스토리텔링, 집중할 수 있도록 적절한 시기에 질문하는 기술까지… 그러나 30분이 넘어가자 지쳤다. 그녀의 이야기가 꺼지지 않게 리액션 장작을 넣는 역할만 하다 보니 지칠 수밖에. 그녀의 주둥이가 제발 멈추길 바라면서도 묘하게

'어디까지 가나 보자'라는 오기가 생겼다. 그래서 잠자코 그녀의 대화 흐름을 따라갔다.

그녀는 특유의 지적 허영심이 가득한 표정으로 타국의 민감한 부분을 능숙하게 들쑤셨다. 불편한 기색을 보여도 말을 멈추는 법을 몰랐다. 급기야 한국인인 내게 북한에 대해 가르치기 시작했다.

"김정은 옆에 맨날 붙어 다니는 여자 말이야. 누가 여동생이라 하던데 김정은보다 훨씬 더 나쁘대. 둘 다 스위스 유학도 다녀왔으면서 자국민은 움직이질 못하잖아. 나는 북한 사람들이 참 불쌍해. 지금 감옥에 사는 거나 마찬가지야. 폴란드인들은 북한에 여행 가거든? 폴리쉬들은 부자거든. 하하. 그래서 여행을 엄청 많이 해. 재밌는 점은 폴란드인이 여행하면서 찍은 사진을 보면 항상 슬픈 장면만 찍어. 그래서 그들이 찍은 북한 사진을 봐도 아무도 웃고 있지 않은데……"

나는 침묵했다. 그러자 그녀는 잠시 말을 멈췄다가 DMZ가 얼마나 좋은 관광 상품인가에 대해 말했다. 겉옷을 입고 방에서 나갈 채비를 했다. 마리암은 내가 문 쪽으로 가는 동안에도 나를 쫓아왔다. 나는 조금은 언성을 높이고 잠시 나갔다가 오겠다고 말했다. 그제야 마리암의 말이 멈췄다.

셋째 날, 밖에서 저녁을 먹고 추적추적 내리는 비를 맞으며 호스텔로 돌아갔다. 내리는 비에 쇳가루가 섞여 있는 게 아닌가 싶을 정도로 차가운 냄새가 났다. 비는 곧은 직선을 그리며 아스팔트로 추락했다. 이곳이 숲속이었다면 흙에서 올라오는 싱싱함을 느낄 수 있겠지만 비가 내리는 족족 녹슨 수로를 향해 가는 도시에서는 비릿한 기분만 느껴질 뿐이다. 늘 땅이 젖어있어서 내 청바지 끝단은 마를 날이 없었다.

호스텔에 도착했다. 방문 앞에서부터 마리암의 목소리가 들렸다. 마리암은 새로 체크인 한 사람을 앉혀 놓고 열심히 떠드는 중이었다. 나는 그들과 짧은 인사를 하고 옷을 갈아 입은 뒤 침대에 누웠다. 그러는 동안 마리암의 말을 엿들었 다.

"오늘 두 번째로 출근했는데 말이야. 고객이 정말 미친 것 같아. 세르비아 사람들은 왜 그런지 몰라!"

마리암은 변호사 사무실에 대해 말하고 있었다. 뭔가 이상 했다. 오늘 리셉션에 갔다가 소파에 앉아 쉬고 있던 마리암 을 봤을 때가 오후 3시경이었다. 출근하기엔 늦고 퇴근하기 엔 이른 시간이다.

"두 번째 출근했다고? 힘들었겠네."

나는 마리암에게 떠보듯이 물었다. 그러자 마리암은 잠시 나를 응시하다 다시 말을 이어갔다. 마리암은 아까 리셉션 에서 나를 봤을까? 시작된 의심은 걷잡을 수없이 커졌고 이 내 쭉쭉 뻗어나갔다. 출근 시간이 유동적이라 쳐도 아까 입 고 있던 옷은 변호사 사무실에 출근하는 복장은 아니었는데.

생각해 보니 이상하네. 마리암은 심한 내사시라 핸드폰을 볼 때도 눈앞에 바짝 두고 힘들게 보잖아. 변호사는 서류를 쌓아 놓고 온종일 읽어야 할 텐데 어떻게 일하는 걸까? 의심의 가지가 우거졌다. 새로 온 사람은 자신이 변호사라고 자랑하는 마리암을 보고 고개를 끄덕이며 경청하고 있었다. 마치 처음 마리암과 대화했을 때 나처럼.

마지막 날. 칙칙한 베오그라드를 벗어나 소도시 당일치기를 하기로 했다. 준비하던 중 마리암과 아침 인사를 나누었다. 그녀는 평소보다 더 오래 잔 듯했다.

"오늘 출근해?"

"응, 사무실에서 고객을 만나기로 했어."

그동안 알게 모르게 쌓인 스트레스가 상당했다. 늦게까지 떠드는 것, 코를 심하게 고는 것, 매일 아침 반복되는 알람을 절대 끄지 않는 것, 때때로 무례하게 선을 넘는 것까지 전부다.

"힘들겠다. 변호사는 종일 앉아서 많이 읽어야 하잖아."

약간의 복수심을 담아 말했다. 그러자 마리암은 숨 쉴 틈도 없이 대답했다.

"나는 일할 때만 일해. 퇴근하면 절대 일하지 않아. 그래서 내 일거리를 들고 여기에 오지 않아. 그렇게 하지 않으면 쉴 수 없거든."

논점이 살짝 어긋난 대답이었다. 나는 여기서 좀 더 집요하게 굴어보기로 했다.

"그래? 나는 사실 작가가 되는 게 꿈이라 많이 읽는 편이거든. 종일 책상에 앉아 있어야 하는 건…"

마리암이 내 말을 끊었다.

"나는 사무실에서만 일해. 그래야 일과 쉼의 경계가 무너지지 않거든."

그녀는 같은 말을 강조했다. 나는 취조하듯 질문을 던졌다.

"사무실은 어디에 있는데?"

"걸어서 10분이야. 11시까지 출근해야 해."

시계를 보니 오전 10시 20분이었다. 마리암은 여전히 남색 바람막이와 검은색 타이츠, 운동화를 신고 있었다. 불안한 듯 몸을 좌우로 조금씩 흔들던 그녀가 침대맡에 두었던 검은색 배낭을 챙겼다.

"노비사드에 간다고 했나? 재밌게 놀아. 나는 늦는 걸 안 좋아해서."

마리암은 처음으로 먼저 대화를 끝낸 뒤 밖으로 나갔다. 평소와 달리 굳은 표정과 딱딱한 말투가 낯설었다. 내 질문의 의도를 알아챘을까. 그래서 불편했을까.

그녀가 나가고 방 안에 정적이 흘렀다. 나는 수건으로 젖은 머리를 짜며 그녀의 침대를 물끄러미 바라보았다. 사람들은 마리암이 변호사라고 한 걸 믿었을까? 다들 '변호사면 어떻고 백수면 어때? 나와는 상관없는걸' 정도로 생각하고 넘겼을지도 모른다. 호스텔 관점으로 봤을 때 그게 맞다. 누군가가 자신을 프랑스 동부 알프스 자락 에비앙이라고 칭한다면, '그렇구나!' 하고 수긍하면 된다. 그 물을 마실 필요까진 없으니, 설령 그 사람에게서 비린내가 나더라도 며칠 뒤 헤어지게 될 내가 상관할 바가 아니다. 나는 마리암에게 사무실이 어디냐고 물어볼 자격이 없었다. 공용 공간에서 떠들어달라고 부탁하거나 알람이 시끄러우니 꺼달라고 하거나 북한에 대한 건 민감한 주제이니 다른 말을 하자고 할 자격은 있었어도.

베오그라드로 돌아가는 버스 안에서 거기까지 생각이 미쳤다. 나는 터미널 슈퍼마켓에 들러 마리암에게 줄 초코바를 샀다.

돌아와 보니 사람들이 또 바뀌어 있었다. 마리암은 없었다. 그녀가 없으니 새로 들어온 사람들 사이에 어색한 기류가 돌았다. 오랜만에 찾아온 고요가 좋으면서도 공허했다. 확실히 마리암이 떠드는 동안에는 외롭지 않았다. 모두 허물없이 대화하는 게 조금은 즐겁기도 했다. 주머니에 있는 초코바를 만지작거리며 마리암을 기다렸다.

새벽 2시가 넘은 시각, 마리암은 돌아오지 않았다. 오늘 낮에 내가 한 말 때문일까. 혹시나 해서 물을 마실 겸 공용 공간에 갔는데 거기에도 마리암은 없었다. 사람들은 모두 잠들었다. 사방에서 색색거리는 숨소리가 들렸다. 나는 감기는 눈꺼풀을 치켜뜨고 문 쪽을 바라보다 나도 모르는 사이에 잠들었다.

아침 7시에 눈을 떴다. 가장 먼저 건너편 침대를 확인했다. 언제 돌아왔는지 모를 마리암이 웅크린 채 코를 골며 자고 있었다. 왠지 안도감이 들었다. 마지막 샤워를 하고 짐을 챙겼다. 루마니아로 가는 차가 8시까지 이 호스텔 앞으로 오기로 했다. 세상 모르고 잠든 그녀의 얼굴을 마지막으로 그 방을 떠났다.

베오그라드는 떠나는 날까지 비가 내렸다. 시간에 맞춰 미니버스를 탔다. 빗방울 맺힌 창문 너머로 멀어지는 잿빛 도시를 보다가 주머니에 있던 초코바를 꺼냈다. 전하지 못한 초코바를 먹으며 마리암을 떠올렸다. 많은 대화를 나눴지만 결국 그녀가 그리도 말이 많았던 이유는 알아내지 못했다. 이제서야 드는 생각인데, 마리암은 너무나 외로워서 말을 멈추면 찾아오는 찰나의 정적도 싫었던 게 아닐까 싶다. 쉽게 가라앉는 배를 타고 있어서 쉴 없이 보수 작업을 하는 선장처럼.

나는 여행을 할 때 늘 호스텔에 묵는다. 샤워하는 게 불편하고 아침엔 하우스 키퍼가 깨워대고 낯선 사람과 한방에서 자야 하고 운이 나쁘면 배드버그에게 물리고 밤새 코골이 중창단의 공격을 피할 수 없지만, 독방을 쓰다 보면 다시 호스텔로 돌아가고 싶어진다. 고여있다 보면 내 주변에 늙은 물결이 흐른다. 담녹색 어린잎처럼 말갛게 떠다니던 마음이 썩기 전에 호스텔 세계로 간다. 며칠, 길게는 몇 달씩 지내다 보면 어느새 신선하고 새로운 물이 흐르고 있다. 그곳에서 순환하는 법을 배우나 보다.

그 배우는
어디로 갔을까?

나는 오래된 한국 영화나 드라마를 좋아한다. 한 번 꽂힌 작품은 주기적으로 여러 번 감상하기도 한다. 그러다가 생긴 버릇이 있다. 유명 작품 속, 당시에는 꽤 비중 있는 배우였지만 사라진 이들의 근황을 검색해보는 것. 아직도 연기를 하고 있을까? 영화 엔딩 크레딧이 올라갈 때, 나는 왠지 두근거리는 마음으로 그 이름을 찾아 인터넷을 뒤적거린다. 알게 모르게 활동을 이어온 사람, 연극계를 지키는 사람, 근황을 알 수 없는 사람, 고인이 된 사람… 얼굴은 많이 변했어도 연기를 향한 열정만큼은 그대로인 사람도 있다. 그런 사람을 찾으면 진한 존경심과 함께 아릿한 질투가 느껴진다. 그럼 그때서야 이것도 연기에 대한 미련인가 싶다.

17살 때 처음 연기를 시작했다. 계기는 공교롭게도 '사기'

였다. 그 당시에는 길거리 캐스팅을 통한 사기가 유행했다. 어리벙벙해 보이는 아이들에게 "배우가 되고 싶지 않니? 우리 회사 한 번 와보렴."이라고 말하며 명함을 준다. 가면 꽤 그럴 듯한 절차가 시작된다. 번듯해 보이는 사무실에서 대표라는 사람과 면담을 하고 방송용 카메라가 있는 연습실에서 오디션을 본다. 그때 처음 대사를 읽어보았고, 이상하리만큼 가슴이 두근거렸다. 긴장 때문에 혼동했을지 몰라도 그만큼 설레는 일은 생에 처음이었다. 합격하고 내 손에 들어온 건 레슨비를 명목으로 250만원을 내라는 내용이 담긴 계약서였다. 오디션 과정부터 전부 지켜본 부모님은 어려운 돈을 쉽게 내어 주셨다. 어릴 때부터 하고 싶은 걸 하라고 말씀하신 엄마가 계약서에 싸인을 안 하실리 없었다.

6개월 동안 일주일에 한 번씩 여의도에 있는 에이전시에 가서 연기를 배우긴 했다. 다만 그쪽에서 얘기한 것과 많이 달랐다. 물밀 듯이 올 줄 알았던 오디션 기회는 한 번도 없었고, 연기 선생님이 자주 바뀌었으며 그마저도 연기과 학생이 강사 아르바이트를 하러 오는 것이었다. 우리는 경험을 쌓는다는 명분으로 드라마나 영화 보조 출연을 하러 갔다. 현장에 가면 스탭들의 잡일을 돕고, 감독님 눈에 띄기 위해 일부러 대답을 크게 하고, 몇 시간을 기다리더라도 밝게 웃었다. 지금 생각해 보면 너무 어린 나이에 사회생활을 맛본 거 아닌가 싶다. 그렇게 12시간 씩 일하고 회사에 떼 먹히고 남은 푼돈을 받았다. 은연중에 사기라는 걸 알아챘지만, 에이전시 연기 수업에 가는 날만 손꼽아 기다리곤 했다. 뭐가 됐든 연기하는 게 좋았다. 꿈의 무게만큼 무거워진 나의 몸이 좋았다.

그래도 나는 운 좋은 축에 속했다. 우연히 그 회사에 등록된 내 프로필을 본 캐스팅 디렉터가 한 상업 영화의 여주인공 아역으로 나를 캐스팅했다. 영화는 처참하게 망했고, 내 연기가 좋았을리 없지만 현장에서 만난 주연배우가 자신의 무명 시절이 떠오른다며 내게 선생님을 한 분 소개시켜줬다. 그렇게 만난 연기 선생님과 매주 2번, 4년 동안 연기 수업을 했다. 쿰쿰한 곰팡이 냄새가 나는 논현의 지하 연습실에서 울고 웃고 분노하고 사랑하고 소리쳤다. 그리고 21살이 되던 해에 배우의 꿈을 포기했다.

좋은 연기를 하고 나면 내가 뭘 했는지 기억 안 났다. 그때 전율이 밀려온다. 내가 아닌 다른 사람이 되어 나 자신을 투영하는 것, 글자로 시작되어 마음으로 끝나는 것. 연기의 모든 것을 사랑했다. 연기를 계속 하려면 배우가 되어야 했다. 그 여정은 모두가 입을 모아 말하듯 가시밭길이었다. 나는 낯선 이들의 날선 말에 쉽게 상처받았다. 자존감이 높아야 금방 회복하고 다시 도전할 텐데, 내게 그런 힘이 없었다. 어쩌면 나 자신을 싫어해서 타인이 되는 경험이 더 달콤했을지도 모르겠다.

오디션에서 들은 말이 마음에 입주하면 전세 계약이라도 했는지 몇년을 살았다. 그들이 밤마다 층간소음을 일으켜 자주 뜬눈으로 밤을 지새웠다. 20살이 되던 해에 나 자신에게 물었다. 정말 행복할까? 배우가 되면, 행복한 삶이 펼쳐질까? 끝내 그 질문에 대답할 수 없었고, 꿈을 천천히 놓아주기로 했다. 미련이 어찌나 지독한지 글을 쓰겠다 결심하고도 나를 주연으로 웹드라마 대본을 쓴다던가, 영화 시나리오 공모전에 작품을 출품했다. 지나고 보니 내가 진정으로 쓰고 싶었던 글이 아니었고, 장장 2년 동안 다시 연기의 세계로 돌아가고 싶은 충동에 시달렸다. 그래도 끝내 돌아가지 못한 이유는 따로 있다.

연기를 그만둘까 고민하고 있던 시기에 4년 동안 나를 가르친 선생님 집에 놀러갔다. 같은 수업을 듣는 몇몇 배우들과 함께 였고, 집에는 선생님의 아내도 있었다. 우리는 술잔을 기울이며 연기에 대한 이야기했다. 분위기는 평소처럼 화기애애했다. 늦은 밤이 되자 배우들은 하나둘씩 돌아갔고, 잠시 선생님과 나만 남았다. 인사를 나누며 가볍게 포옹했다. 그때 그가 말했다. "가슴 닿게 한 번 더 안아보자."

나는 웃으며 다시 그의 품에 안겼다. 장난이라고 생각했다. 그를 나쁜 사람으로 여기고 싶지 않았다. 하지만 그날 밤, 잠들기 전 그 장면이 자꾸 떠올랐다. 수업 시간에 그를 마주할 때마다 그 순간이 겹쳐졌다. 시간이 흐를수록 감정은 또렷해졌다. 그건 농담도, 실수도 아니었다. 성추행이었다. 얼마 후 나는 연기 레슨을 그만두었다. 그 공간의 모든 게 싫어졌다.

연기를 그만둔지 2년 째 되던 해 가을, 긴 배낭여행을 했다. 그때 나는 1개국이라도 더 가보고 싶은 욕심에 기간을 억지로 늘려 여행 경비가 넉넉치 않았다. 헝가리부터 시작해 체코, 오스트리아, 독일, 스위스… 10개국의 출입국 도장을 찍고 몬테네그로 코토르에 도착했다. 코토르는 관광지임에도 값싼 호스텔이 없어 침대와 간이 주방이 딸린 호텔방을 빌렸다. 그러고 나니 밥 먹을 돈이 부족했다. 나는 5일 동안 삶은 달걀과 인도네시아 라면 4봉지로 버티기로 했다.

4일 차였나. 그날은 하루 종일 비가 와서 낮에 잠깐 해변 산책을 한 뒤 호텔 방에만 있기로 했다. 손바닥만한 주전자에 라면을 끓여 포만감을 늘리기 위해 불려 먹고 있었다. 창밖에 내리는 빗소리를 들으며 터진 면발을 훌떡훌떡 삼키고 있던 그때, 불현듯 '이제 글을 쓸 때가 왔다'는 생각이 들었다. 어쩌면 생각이 아니라 나 자신의 목소리를 들었던 것 같다. 나는 씹던 것을 멈추고 멍하니 그 강렬한 직감을 느꼈다. 그리고 나지막이 그 문장을 말해보았다. 이제 글을 쓸 때가 왔다. 조용한 호텔 방안에 내 목소리가 울려 퍼지자 강한 직감은 확신이 되었다. 당장 글을 써야겠다. 주전자를 팽개치고 다이어리에 목차를 써내려갔다. 차고 넘쳤다. 이 책의 대부분을 그 순간에 구상했다. 무라카미 하루키는 야구장에서 맥주를 마시던 어느 평범한 날 갑자기 작가가 되기로 결심했다고 말했다. 나는 그 장면처럼 멋진 연출은 못 하지만 처량한 라면이 차갑게 식을 때까지 두근거리던 심장 박동을 잊지 못한다.

책을 쓰면서 새로 알게 된 사실이 있다. 내가 연기를 그만둔 가장 큰 이유는 역시 배우를 직업이 아니라 꿈이라고 여겼기 때문이다. 다른 모든 직업과 다르지 않게 연기를 그저 '근로'의 영역으로 받아들였다면 그리 상처 받지도, 두려워하지도 않았을 것이다. 그 5년 동안 내게 연기는 살아 숨 쉬기 위한 산소 호흡기 정도로 대단한 것이었다. 너무 큰 의미 부여는 지구력을 상쇄시킨다. 그걸 이제야 깨달은 나는 글을 쓰기 힘든 날에 되뇌인다. 이 일을 덜 사랑하자. 너무 좋아하지 말자. 나는 꿈을 꾸는 게 아니라 일을 하고 있는 거야.

평행우주 어딘가에는 연기를 그만 두지 않은 내가 살고 있을 것이다. 배우가 된 나에게 편지 한 통 보내고 싶다. 가장 묻고 싶은 건⋯ 좋냐? 어때, 행복해? 아니다, 이것도 미련이지. 못 들은 걸로 해.

땅의 소리

일본 맥주는 독일 맥주 못지않게 맛있다. 깔끔하고 상쾌한 필스너 라거 스타일이라 술술 넘어간다. 청량한 맥주 한잔이면 '캬, 이 맛에 여기에 오지'라는 말이 절로 나온다. 나는 겨울 끝자락에 일본 홋카이도의 소도시 오비히로에 갔다. 첫날부터 이자카야(술집)로 직행했다. 내가 찾아간 이자카야는 오비히로에서 가장 싸다고 소문난 집이라 그런지 평일임에도 현지인과 한국인 관광객이 몇 명 있었다. 줄담배를 피우는 커플, 방금 퇴근한 듯 양복을 입고 모인 직장인 아저씨 셋, 개성 있게 꾸민 30대 남녀 모임, 주변 모든 것에 무심한 듯 OTT에 빠져 혼술 중인 중년 여성… 어디선가 한국어가 들려서 그런지 맥주 맛만 빼면 홍대에 있는 이자카야와 다를 게 없는 분위기였다.

첫 잔을 반쯤 마셨을 때였나. 한참 기다려도 안주가 나오지 않아 주문 태블릿을 확인하고 있었다. 그때, 갑자기 속이 울렁거렸다. 맥주 반 잔으로 그럴 리가 없는데… 아니, 속이 아니라 몸이 울렁거렸다. 나는 빠르게 주변을 훑었다. 아주 짧은 그 찰나에 착각인 줄 알았던 흔들림이 세졌다. 동시에 사나운 짐승이 낮게 으르렁 거리는 듯한 소리가 들렸다. 이 행성의 내핵에 보금자리를 트고 사는 짐승이 지구를 집어삼킬 듯 우는 소리가.

지진이다.

그렇게 말하는 순간 벼락같이 경보음이 울렸다. 핸드폰이 "지진입니다. 지진입니다."라고 소리쳤다. 경보음이 트리거라도 된 듯 흔들림이 더 강해졌다. 난기류를 탄 비행기보다는 급류에 휩쓸리는 유람선 위에 있는 듯했다. 나는 몸을 지탱하기 위해 본능적으로 테이블을 잡았다. 테이블도 흔들리는 중이라 아무런 소용이 없었다. 뇌리에, 내가 건물에 깔려 죽는 모습이 스쳤고, 이루 말할 수 없는 거대한 무력감이 두 다리를 묶었다. 이 땅 전체가 흔들리니 어디로도 도망갈 곳이 없다는 생각이 들었다. 명령 신호를 내리는 뇌가 똑딱이를 꺾은 액체형 손난로처럼 서서히 굳어갔다.

테이블 밑으로 들어가는 사람은 없었지만, 주방에 있던 직원이 뛰쳐나와 일본어로 소리치며 주저앉았다. 그녀는 떨리는 손으로 눈물을 훔쳤다. 주방에 있는 식기가 쨍그랑 떨어지고 몸과 땅이 사정없이 흔들리는 와중에 나는 내 맞은편에 앉아 있던 남자에게 시선을 빼앗겼다. 통통한 체형에 냉소적인 개그맨처럼 생긴 그는 태연하게 맥주를 한 모금 마시더니 피우던 담배를 쭉 빨았다. 이 세상 모든 것에 무심한 듯 "또냐."라는 표정으로 고개를 살짝 절레절레 흔들었다. 나는 그의 행동에서 눈을 뗄 수 없었다. 요동치는 눈동자로 집요하게 그를 응시했다. 저건 체념일까, 익숙함일까. 아니면 이곳에서 살아남기 위해 몸에 밴 태도일까. 그를 보고 있자니 칵테일 속 얼음처럼 흔들리는 세상이 마치 허구처럼 느껴졌다. 잠시, 내가 과민한 쪽이고 그가 정상인 것 아닐까 하는 착각마저 들었다.

벽면에 달린 TV에서 쓰나미 경보가 떴다. 다행히 이곳 오비히로에서 조금 떨어진 아오모리현 동쪽 앞바다에서 일어난 지진이었고, 인명 피해는 없었다.

그 후 삿포로를 여행하는 며칠 동안 여진의 공포에 시달렸고, 쪽잠을 자며 기괴한 악몽을 꿨다. 그리고 태연했던 남자의 몸짓과 얼굴이 자꾸 떠올랐다. 그렇게 강한 지진에도 그 정도의 여유를 가지려면 도대체 몇 번이나 흔들렸을까? 생과 사의 경계가 얼마나 흐릿한 걸까? 그제야 무심코 지나쳤던 것들이 보였다. 일본이 왜 아날로그의 나라라고 불리는지, 왜 아직도 현금을 자주 사용하는지, 곳곳에 있는 재난 대피 유인물, 가구에 붙어 있는 고정 장치…

지진의 여운에서 헤어 나오지 못한 나는 일본 문학에서 말하는 죽음의 의미를 곱씹었다. 무라카미 하루키가 말하는 죽음이란 무엇이었나. 죽음은 삶의 대극에 있는 것이 아니라 우리 삶 속에 잠겨있다는 노르웨이 숲의 가르침. 나는 내가 죽음 앞에서 의연할 줄 알았다. 나의 선험적 세계관은 짐승 같은 땅의 소리와 함께 부서진 셈이다.

나름대로 후회 없이 살았다. 못 이룬 게 많을지언정 그건 다 욕심이라고 생각한다. 복잡하게 처리할 재산도 없고 책임 져야 할 자식도 없다. 내 장례식을 어떻게 꾸며야 좋을지 구상하며 1년마다 유서를 새로 쓴다. 죽기 직전에 떠올리는 이미지가 쓸데없는 것이 되어선 안 되니 가장 행복했던 기억을 의식적으로 떠올리며 구체화하기도 한다. 나는 언제든 죽을 준비가 되어있다고 믿었다. 그게 고작 진도 4강 지진 앞에서 무너질 줄 몰랐다.

그간 배운 재난 대피 훈련을 잊고 얼어붙은 채 손만 덜덜 떨고 있던 내 모습을 떠올리며 죽음 앞에서 오만했던 나를 반성한다. 여유롭게 담배를 피우던 그 남자도 한국을 여행하다 민방위 훈련 경보가 울리면 나처럼 굳었을지도 모른다. 우리 모두 죽음 속에 잠겨 있다고 해도 삶은 삶이니까 삶처럼 살아야 한다. 그것이 끝으로 뚜벅뚜벅 걸어가는 올바른 방법이겠지.

조용하게 나리는 눈을 맞으며 오비히로의 고요한 거리를 걸었다. 온 세상에는 눈 밟는 소리뿐이었고, 나는 스케치북의 첫 장처럼 새하얀 길에 내 발자국을 남겼다. 홋카이도의 눈은 처음이니까, 포슬포슬한 눈의 질감에 집중하며 이 땅과 조금씩 가까워졌다. 그들의 삶과 애환에 스며들었다.

수십 개의 간이역 Ep 32.

루마니아는 추웠다. 세르비아에 있을 때는 레더재킷 하나로 버틸만했는데 여기는 달랐다. 무스탕 재킷 안에 갖고 있는 옷가지를 전부 껴입어도 몸이 덜덜 떨렸다. 마지막 가을바람이 겨울의 문턱으로 나를 떠미는 듯했다. 여기는 루마니아 서부에 있는 티미쇼아라(Timişoara)다. 나는 내일 브라쇼브(Brasov)라는 도시로 이동할 계획이다. 오전 6시 4분 출발, 오후 7시 14분 도착. 장장 13시간 동안 기차를 타야 한다. 내 생에 가장 긴 기차여행이 될 것이다.

오전 5시 반, 티미쇼아라 기차역에 도착했다. 기차가 예정 시간보다 10분 늦게 플랫폼으로 들어섰다. 버건디 색 기차가 선로 위를 아주 느리게 걷다 멈췄다. 이내 굉음이 들리고 푸시식 하며 자, 이제 타세요 라는 뜻의 한숨을 쉬었다. 기차는 굳이 표를 사지 않아도 담배 한 갑이나 감자 한 자루만 주면 태워줄 듯한 모습이었다. 뭐, 시간여행 하는 것 같고 좋네. 긍정보다는 낙천에 가까운 혼잣말을 했다. 분주하게 움직이는 사람들을 따라 기차에 올라탔다. 객실 안은 생각보다 깔끔하고 좋았다. 좌석도 널찍하니 마음에 들었고 눈이 부실 정도로 밝은 조명이 의외의 안정감을 선사했다. 형광 주황 재킷을 입은 사람들이 어디론가 사라진 뒤, 기차가 서서히 움직였다.

나는 일출과 함께 티미쇼아라를 떠났다.

오후 4시, 약 10시간이 지난 뒤에야 기차는 경유지 '부쿠레슈티' 역으로 들어섰다. 나는 당장이라도 '더는 못 가. 당장 내려줘!'라고 소리치고 싶은 충동에 시달렸다. 이런 속도 모르고 이 망할 놈의 고물 기차가 선로에 서서 꿈쩍도 하지 않았다. 선로 수보다 많은 기차가 오고 가는 탓에 기차역 플랫폼에 진입을 못 한 것이다. 기차는 목적지 앞에 멍청하게 서서 45분을 허비했다. 결국 다음 기차를 놓쳤다.

나는 티켓을 변경하기 위해 안내소 앞에 줄섰다. 한참 뒤에야 차가운 인상의 중년 여성과 마주했다. 창구 너머로 보이는 그 직원은 입 주변 근육이 하얘지도록 굳은 표정이었다. 검붉은색으로 물들인 단발 곱슬머리를 아무렇게나 빗어 넘겼고 주름진 얼굴에 투명 뿔테 안경을 썼다. 마른 체형은 그녀의 예민함을 설명하는 듯했다. 푸른색 셔츠 위에 입은 남색 조끼에 루마니아 국영 철도청의 약자 CFR과 로고가 새겨져 있었다. 그녀는 허리를 꼿꼿이 세워 앉은 채 나를 가만히 쳐다봤다.

"제 기차가 연착됐는…."

그녀는 내가 말을 마칠 때까지 기다려주지 않았다.

"어… 이서… 히새… 앤도 Cut. 어… 레이트. Making the 리프트. Right. Making the 리프트. To Anyone."

그녀는 오른쪽 어딘가를 가리키며 말했다. 도저히 알아들을 수 없었고 그나마 건진 단어 몇 개만 가지고 안내소를 떠났다. 아무튼 여기서는 표 변경이 안 된다는 뜻이겠지. 문제는 이 기차역이 생각보다 크다는 점이다. 그녀가 가리킨 귀퉁이를 돌자, 강남역 지하상가보다 넓고 긴 공간이 펼쳐졌다. 한참 헤매다 하는 수없이 다시 안내소로 갔다. 이번에는 자세히 길 설명을 해주길 바라며 다시 그 직원과 마주했다.

"저기요. 저쪽으로 갔다 왔는데 이 티켓 보여주니까 8번이나 9번 창구에 가보라고 하는데요."

"Anyone. Anyone. Making the 리프트. Anyone. Anyone."

그녀는 Anyone이라는 단어만 반복해서 말했다. 작은 마이크를 타고 들려오는 그녀의 음성에는 짜증과 분노, 까칠함, 답답함, 성가심 등 모든 부정적인 에너지가 담겨있었다.

"Anyone! Anyone!"

"아무나 뭐요?"

나는 그만 참지 못하고 따져 물었다. 그녀는 내 말이 끝나자마자 자리를 박차고 일어나 쪽문을 신경질적으로 열고 밖으로 나왔다.

"Anyone! Anyone! Anyone! Anyone!"

이제는 거의 호통치는 수준에 가까웠다. 그녀가 내게 성큼성큼 걸어왔다. 그러더니 내가 메고 있던 가방을 휙 잡아채며 오른쪽 귀퉁이를 가리켰다. 주변에 있는 사람들의 시선이 느껴졌다.

"Anyone! Anyone!"

그녀가 급기야 내 귀에다 대고 소리를 지르며 나를 오른쪽 귀퉁이로 밀었다. 그러더니 다시 부스로 들어갔다. 얼굴이 달아오른 채로 뛰다시피 걸었다. 가는 중에 몇 번이고 혼잣말로 중얼거렸다. 내가 뭘. 내가 뭘 잘못한 거야. 뒤늦게 손에 쥔 브라쇼브행 티켓도 나를 달래긴 역부족이었다.

나는 그 뒤로 객관안을 잃었다. 내 눈은 마치 루마니아에 갇힌 종군 기자처럼 잿빛 사진만 찍어 댔다. 먹구름 긴 하늘, 오물 냄새, 길거리에 굴러다니는 담배꽁초, 먼지 쌓인 간판, 칠이 벗겨진 건물 외벽, 누더기로 온몸을 싸맨 집시족…맥도날드 직원 유니폼에 튄 케첩 자국마저도 싫었다. 그중 가장 슬픈 건 루마니아 사람들을 피해 다녔다는 것이다. 그들이 내게 친절한 미소를 보냈던 때나 순수한 마음으로 나를 대했을 때마저도. 오후 10시 30분, 브라쇼브의 센트룸 하우스 호스텔에 도착했다. 이날 장장 16시간 동안 이동한 것이다. 삐걱대는 호스텔 계단을 오르며 생각했다. 루마니아에 온 것은 최악의 실수였어.

브라쇼브(Brasov)는 루마니아 국가의 발상지다. 동서 간 무역로에 있는 상업 중심지라 도시의 규모도 크다. 솔직히 말하면 16시간 동안 기차를 타고 온 게 후회되지 않을 정도로 아름다운 도시였다-고작 한 단락 사이에 의견을 바꿔서 미안하다-브라쇼브를 떠나는 날, 뜬 시간을 보내기 위해 호스텔 로비로 갔다. 로비라고는 하나 그저 작은 공간에 커피포트, 전자레인지, 소파, 리셉션용 컴퓨터 한 대가 있을 뿐이다. 마지막 날이 돼서야 호스텔 가이를 만났다.

"어디로 가는 길이에요?"

호스텔 가이는 나를 보고 먼저 말을 걸었다. 그는 길거리 어딜 가나 볼 수 있는 평범한 남자였다. 여러 번 빨아 색이 바랜 검은색 후드티와 통이 큰 청바지를 입고 머리를 짧게 밀었다. 얼굴이 어떻게 생겼는지는 떠오르지 않는다. 특징이랄 게 없는 것이 그의 특징이다.

"2시간 뒤에 시비우로 가는 기차를 탈 거예요."

"시비우! 좋네요. 작지만 참 예쁜 도시예요."

"그래요? 브라쇼브만큼 예쁜가요?"

“아니요. 물론 브라쇼브가 최고죠.”

그가 수더분한 미소를 지으며 말했다. 잠시 어색한 침묵이 이어지다 그가 다른 질문을 던졌다.

“여행은 어땠나요? 루마니아가 마음에 드셨나요?”

우려하던 질문이 왔다. 나는 순간 그냥 좋았다고 말할지 솔직한 의견을 내비칠지 고민했다. 내가 망설이자, 그가 눈치를 채고 말을 덧붙였다.

“하하, 그다지 좋은 여행은 아니었나 보군요.”

웃으며 말하는 그의 목소리에 실망감이 내비쳤다. 나는 최대한 기분 나쁘지 않게 기차역 사건에 대해 털어놓았다. 그러자 그가 놀란 듯 사실이냐고 되물었다.

“세상에. 그런 일이 있었나요? 제가 대신 사과할게요.”

“아니에요. 이미 지나간 일인데요. 근데… 루마니아에서 인종차별이 흔한가요?”

그는 내 질문을 받고 입술을 옴짝거렸다. 할 말이 바로 떠올랐지만, 어떤 단어로 전해야 할지 몰라 머릿속이 복잡한 듯했다. 잠시 고민하던 그가 입을 열었다.

“이렇게 말해도 될지 모르겠지만, 아마 인종차별은 아니었을 거예요. CFR은 원래 불친절하고 괴팍하기로 유명해요. 당신이 동양인이라서가 아니라 그냥 모두에게 똑같이 막 대하는 거죠.”

“네? 왜 그런 거죠?”

"박봉이거든요. 말도 안 되는 월급을 주면서 무리한 일을 떠맡겨요. 그러니 일을 할 때마다 화가 날 수밖에. 대부분의 국민이 그냥 그러려니 해요. 힘들어서 그런가 보다 하고."

그의 말을 듣고 복합적인 감정이 휘몰아쳤다. 그게 인종차별이 아니라고? 모두에게 똑같이 무례하니까? 물론 근거 없는 말은 아니다. 찾아본 결과 2019년, 루마니아 CFR 철도 노동자 조합이 임금 인상 요구 목적으로 4주 동안 대규모 피켓 시위를 했다는 기사가 있다. 회사가 예비 부품에 대한 비용을 할당하지 않아 기관차에 결함이 있으면 중고 부품을 사용해야 할 정도로 열악했기에 기계공의 파업도 있었다.

게다가 루마니아는 2월, 3월, 7월, 8월, 9월, 10월에 공휴일이 없고 대체휴일제도 없다. 내가 갔던 때는 11월이니 4개월 동안 쌓인 피로가 고스란히 전해졌을 것이다. 가뜩이나 철도청에 불만이 가득한데, 제대로 운영되지 않아 생기는 현장 민원을 오롯이 떠안아야 하는 운명이라면… 화가 나는 게 당연하다. 그리고 또 하나. 현지인과 내가 대우가 다를 수밖에 없는 것. 언어차이다.

하지만 나의 피해의식이라 치부하기엔 그 직원의 행동은 도가 지나쳤다. 내가 거구의 백인 남성이었어도 똑같이 했을까 싶은 것이다. 모두에게 평등한 불친절이니 인종차별이 아니라는 호스텔 가이의 말은 애국심에서 비롯된 변호에 가깝다는 생각이 들었다. 가치 있는 문제는 절대 최초로 구상한 수준에서 해결되지 않는다고 한다. 조지 앤더슨의 말 때문이라도 나는 그날의 사건을 오랫동안 잘근잘근 씹어보며 결국 남는 게 뭔지 알고싶다. 확실한 건 그게 인종차별이던 아니던 나는 객관안을 잃어선 안됐다. 그건 진정한 여행자의 태도가 아니었다.

3일 후 브라쇼브를 떠나기 위해 기차역으로 가는 길. 이곳에 다시 올 일은 없을 거란 생각으로 브라쇼브 거리를 눈에 담았다. 길 건너편에서 걸어오는 루마니아 사람들을 보며 생각했다.

나와 전혀 다른 인생을 살아온 사람들이 스쳐 지나간다.

열 길 물속은 알아도 한 길 사람 속은 모른다지만, 한국과 전혀 다른 문화권에 사는 외국인 속은 차원이 다른 영역이다. 재질과 성분, 색, 질감, 크기, 깊이, 모든 것이 낯설었다. 인터넷에서 찾아본 얕은 지식과 일련의 사건만으로는 루마니아를 알 수 없다. 내가 보낸 일주일은 이 나라를 살짝 맛보기 위한 일회용 숟가락에 불과했다.

걷다 보니 기차역에 도착했다. 이번에는 오후 2시 26분에 브라쇼브역에서 출발하는 기차다. 루마니아에서 타는 마지막 기차이기도 하다. 언제나 그렇듯 창가 자리에 앉았는데, 창문이 깨져있었다. 도끼나 둔기로 가격하거나 총을 쏜 듯했다. 두꺼운 유리인 만큼 금이 굵게 나 있었는데, 그 부분을 하얀 접착제로 붙여놨다. 깨진 유리를 보고 있자니 철도청 직원들이 폭동을 일으키는 장면이 연상됐다. 나에게 불친절했던 그 직원이 이 망할 놈의 기차를 다 부숴버리겠다고 소리치며 망치를 들고 쫓아온다.

"To Anyone!"

그녀가 망치를 휘둘러서 기차 유리창을 깨트린다. 쓰레기통에 불을 질러 플랫폼 기둥이 연기에 그을린다. 승객들은 캐리어를 집어던지고 도망친다. 마음이 불편해지는 상상을 하며 기차가 출발하기를 기다렸다.

수십 개의 간이역을 거쳤다. 이제 달려가나 싶으면 간이역에 멈춰 섰다. 기차는 사람들을 내리고 태웠다. 어떤 역에서는 아무도 움직이지 않았다. 그래도 문을 열어놓고 바람이 통하게 두었다. 간이역에 도착하면 역장이 유니폼을 차려입고 서서 깃발을 흔든다. 늙은 역장은 느린 기차를 맞이하기 위해 멋진 모자를 쓰고 온종일 기다린다.

밀밭으로 둘러싸인 외딴 간이역에는 들개가 기차를 맞이한다. 승객들은 열린 문을 통해 챙겨 온 빵이나 소시지를 던져준다. 들개는 보채지 않고 의젓하게 앉아 있다 먹이를 물어간다. 나는 그 들개 너머로 지는 노을을 바라봤다. 그 노을은 다채로운 색을 품고 있었다. 하늘의 푸른색과 지는 태양이 남기고 간 주홍색, 그사이 가장 옅은 부분엔 노란색, 가장 진한 부분엔 붉은색, 뒤섞인 구름은 분홍색. 간이역에 걸어 둔 루마니아 국기가 펄럭였다. 이 노을의 색과 닮아있었다.

루마니아는 깨진 창문 너머로 바라보는 가을 풍경 같은 나라다.

얕은 정보가 일회용 숟가락이라면, 기차가 보여준 루마니아의 노을은 언제든 현상할 수 있는 필름이었다. 흑백 필름인지 컬러 필름인지는 모르겠다. 왠지 지금 알고 싶지는 않다. 서랍 속에 넣어두었다가 아주 오랜 시간이 흐른 뒤에 그 필름을 들고 현상소에 가고 싶다. 그때가 되면 내 방 벽지 색이 그 사진과 어울리는 색이면 좋겠다. 가장 잘 보이는 곳에 사진을 붙여두고 잠이 안 오는 새벽에 보고 싶다. 기차는 4시간을 달려 마지막 간이역을 지났다.

나는 일몰의 잔열과 함께 시비우에 도착했다.

기억에
오래 남는 것

* 9:00 AM 약 3시간 경과, 기차는 '카란세베스(Caransebeş)' 부근을 달리고 있다.

잠시 자다 일어났다. 좌석이 너무 딱딱해서 몸이 쑤시는 바람에 깼다. 얼굴이 퉁퉁 부어서 눈꺼풀을 뜨는 것도 힘들었다. 두 눈을 꿈뻑이며 잠에서 헤어 나왔다. 멍하니 창밖을 바라보았다. 끝도 없이 펼쳐진 밀밭과 듬성듬성 피어오른 구름, 손만 뻗으면 잡힐 만큼 가깝게 흔들리는 나무들이 뿌연 창 너머로 느리고 빠르게 지나갔다.

배가 고팠다. 나는 배낭에서 샌드위치와 박하향 아이스티를 꺼냈다. 랩에 싸인 빵을 벗겨 한입 맛보았다. 푸석한 빵, 옹졸하게 뿌린 소스, 싸구려 향이 물씬 풍기는 살라미 조합. 오래된 토마토에서 나온 척척한 즙이 그들 틈에 스며들었다.

아, 이것이 2,500원의 맛인가. 왠지 소화되지 않을 것 같아 꼭꼭 씹어 넘겼다.

샌드위치를 다 먹어갈 때쯤, 갑자기 내 앞자리에 누군가가 와서 앉았다. 아니 정확하게는 앉은 게 아니라 가방을 베개 삼아 좌석에 냅다 드러누웠다. 뭐지? 저 사람은? 나는 씹는 것도 잊은 채 그녀에게 시선을 빼앗겼다.

그녀는 머리부터 발끝까지 온통 빨간색으로 휘감고 있었다. 빨간색 운동화, 빨간색 스키니진, 빨간색 티, 빨간색 땡땡이 카디건… 심지어 바닥에 던져 놓은 비닐봉지도 빨간색이었다!-선거운동 도우미도 이 정도로 색을 맞추진 않는다- 나는 강렬한 그녀의 등장에 적지 않은 충격을 받았다. 나도 모르게 뚫어져라 쳐다보다 그녀와 일순 눈이 마주쳤다. 30대 중반쯤 돼 보이는 라틴계 여자였다. 그녀는 천장을 보며 가방의 가장 푹신한 부분을 찾을 때까지 머리를 비비적거렸다. 차창 너머로 들어온 햇빛이 빨간 그녀를 내리쬐었다. 이거 완전 태양초 아닌가. 입술을 악물고 웃음을 참았다.

* 11:00 AM 약 5시간 경과, 기차는 '드로베타-투르누 세베린(Drobeta-Turnu Severin)' 부근을 달리고 있다.

나는 잡생각이 지나치게 많다. 뭔가를 하고 있지 않으면 그 즉시 쏟아져 나오는 생각 폭격으로 늘 고통받는다. 특히 자기 직전에 그 증상이 심해진다. 그래서 유튜브를 켜 놓거나 라디오를 들으며 잠든다. 그렇게 해야만 비로소 휴식할 수 있다. 생각한다는 것 자체가 내겐 '일'로 느껴졌기 때문이다. 잠이 오지 않아 차창 밖 풍경을 봤다. 루마니아 대륙의 80%가 밀밭이 아닐까 싶을 정도로 똑같은 풍경만 이어졌다. 기차는 느렸다. 역과 역 사이 간이역이 많아 좀 달리나 싶다가도 속도를 늦추고 역에 들어설 채비를 했다. 기차 안에서는 데이터 신호가 미약해서 음악을 들을 수 없었다. 기차가 선로를 달릴 때 내는 규칙적인 소음에 집중하다 보니 잡생각이 고개를 내밀었다. 잠시 호밀밭의 파수꾼이 되어 내 머리 뚜껑을 열어보겠다. 실제 이런 생각을 했는지 정확하진 않다만 대체로 이런 식이다.

쓰레기통에 바나나 껍질을 저렇게 버리면 초파리 안 생기나? 유럽에는 초파리가 없나? 당연히 있겠지? 근데 본 적이 없네 인간의 유전자랑 가장 흡사한 생명체가 초파리라던데 어떻게 그럴 수가 있지? 그 조그마한 곤충이랑 인간은 공통점이 하나도 없는데… 뭐 자기가 살기 위해 필요한 부분에 딱 붙어서 윙윙거리는 건 비슷하다고 볼 수 있겠다. 예전에 내 친구가 자취할 때 음식물 쓰레기를 제때 안 버려서 싱크대가 하얘질 정도로 초파리 구더기가 꼈다고 했는데 그 친구는 잘 지내고 있나. 나는 연락이 끊긴 친구가 왜 이리 많은 거야. 갑자기 초등학교 때 왕따 당했던 게 떠오르네. 어릴 때부터 전학을 많이 다녀서 지금도 이렇게 방황하고 있나.

생각의 확장 또 확장.

태양초는 핸드폰 충전을 하기 위해 일어나 창가 쪽 좌석에 앉았고 나는 이제 그녀를 힐끔거리지 않는다.

* 2:00 PM 약 8시간 경과, 기차는 '크라이오바(Craiova)' 부근을 달리고 있다.

내가 왜 이 기차를 타고 있지?

그래, 내가 왜 이 고생을 하는 거야. 이래서 잡생각의 꼬리잡기는 무서워. 생각도 오래 하면 썩어. 처음엔 신선한 겉면을 핥을 수 있지만 그 속이 드러나면 마주하고 싶지 않은 질문이 들어있어.

도대체 몇 번째 간이역에 도착한 거지? 너무 많은 간이역을 지나치니까 생각이 얽혀.

나는 결국 이도 저도 아니야.

떠돌고 있지만 떠돌이가 될 수 없어.

끝없이 어디론가 향하고 있지만 내가 돌아갈 날이 다가오고 있어.

이제 뭐가 좋고 나쁜 건지 알 수 없어.

다시 돌아가서 처음부터 시작해 보자.

내가 왜 여기에 있지?

'나는 그랬어야만 했다'라는 문장이 머릿속에서 떠나지 않

아. 그 무렵 한국을 떠났어야만 했고, 이 여행을 했어야만 했고….

약한 나를 감쌀 외피를 만들기 위해 먼 타국의 재료가 필요했어. 나의 마음은 작은 자극에도 우그러질 만큼 민감했으니까.

그래서 내가 나를 내몰았어. 고립된 상황으로.

아니, 필연적인 것은 없어. 그저 내가 이 여정을 선택했을 뿐이야.

선택에 따라오는 무거운 짐이 두려워진 건 언제부터였나. 나이가 든다는 건 두려움의 무게가 늘어간다는 것일까.

속절없이 깊어지는 생각의 늪에서 허덕이던 그때, 갑자기 노랫소리가 들렸다. 태양초가 노래를 부르기 시작한 것이다. 그녀는 낡은 줄 이어폰을 끼고 어딘가 처량한 멜로디의 노래를 불렀다. 어떻게 기차 안에서 혼자 노래를 부르지? 그런 어이없는 충격에 실소가 터졌다. 그녀와 눈이 마주쳤다. 그녀가 나를 응시하며 노래를 불렀다. 나도 시선을 피하지 않은 채 잠자코 그녀의 목소리에 귀 기울였다. 녹슨 일렉트릭 기타 반주가 어울릴 듯한 탁한 음성. 불규칙한 엇박자. 그녀는 분명 원곡과 달리 제멋대로 부르고 있었다. 그녀의 낯선 언어가 내게는 이런 말로 들렸다. 다 무슨 소용인가. 그냥 지금 가는 길이 멀고 지루하니 노래나 한 곡 부르자.

인상 깊은 여행의 순간을 고른다면 아름다운 산 정상에

올랐을 때나 호수 위에서 나룻배를 탔던 오후에 대해 말하고
싶지만, 사실 가장 강렬하게 남는 부분은 빨간 옷을 입은 여
자가 불렀던 노래 같은 것이다.

버려진 버스 Ep 34.

나는 눈 오는 도로에 갇혀 있다. 차는 꿈쩍도 없이 서 있다. 앞뒤로 낡은 승용차나 트럭이 늘어져 있다. 그 끝은 뿌연 하늘에 가려져 보이지 않는다. 창밖에 내리는 눈을 구경한다. 큰 눈송이와 작은 눈송이가 떨어지는 속도 차이를 가늠해 본다. 크다고 빠르지 않고 작다고 느리지 않다. 헤드폰으로 전람회의 Blue Christmas를 듣고 있다.

이곳은 스테판츠민다(Stepantsminda) 마을로 가는 길. 3시간 전 트빌리시(Tbilisi)에서 출발했다. 낡은 미니밴 안에 나와 운전기사, 그리고 운전기사의 동료가 있다. 그 중년 아저씨 둘은 말이 없다. 기사는 멍하니 앞차를 바라보다 지끈거리는 관자놀이를 붙잡았고 내 옆에 앉은 동료는 퍼즐형 핸드폰 게임에 빠져있다가 이따금 담배를 피우러 나갔다. 밖엔 진눈깨

비 눈이 소리 없이 내린다.

이곳은 온통 겨울이다. 입김마다 겨울이 뿜어져 나오고 걷는 걸음마다 겨울이 달라붙는다. 조지아의 귀퉁이에서, 겨울과 함께 갇혀 있다.

오늘은 한국을 떠난 지 86일째 되는 날이다. 이 시기에는 머릿속이 복잡해진다. 이제 귀국하면 무슨 일을 하지라는 생각이 슬슬 스며들면 자칫 마지막 일주일을 망칠 수 있다. 눈앞에 펄떡이는 신선한 여행을 두고 늘 먹던 걱정을 고를 순 없지 않은가 싶다가도 이른 현실이 찾아와 나를 좀먹는다. 나름 긴 여행을 했어도 도통 담담할 수가 없다.

"말보루, 하나 피워보고 싶다."

가뜩이나 도로에 갇혀 하루를 날려 먹은 것도 억울한데, 옆에 앉은 아저씨는 담배까지 뻥 뜯는다. 그래도 별 수 있나. 이렇게 갇힌 것도 인연인데.

"피우세요. 대신 저도 하나 주세요."

아저씨는 웃으며 이름 모를 담배를 건넸고, 나는 말보루 골드를 내주었다. 동시에 차에서 내려 담배에 불을 붙였다. 어쩐지 어색해서 아저씨와 일정 간격을 두고 떨어졌다. 눈은 계속 내린다. 사람들은 겨울잠 자는 청설모처럼 눈을 피해 차 안에 숨어 있다. 눈이 그치지 않고 이대로 밤새 내린다면 이 청설모들은 봄이 올 때까지 잠을 자야겠지. 아저씨가 준

담배 맛이 구렸다. 알고 있었지만, 이 맞교환은 내 손해다.

다시 또 한 시간 뒤, 어스름한 땅거미가 내려앉더니 결국 밤이 됐다. 깜깜해지자 더 추워졌고, 벌써 6시간 동안 같은 자세로 앉아 있는 탓에 허리가 끊어질 듯 아팠다. 옆에 앉은 아저씨는 핸드폰 게임도 질렸는지 팔짱을 끼고 차창 쪽으로 몸을 기댄 채 잠들었다.

딱 이 무렵, 드디어 차가 움직였다. 내가 "드디어! 와!" 하고 박수를 치자 아저씨 둘은 굿! 이라며 엄지를 척 들어 화답했다. 어둠 속을 밝히는 헤드라이트와 붉은 브레이크 등으로 물든 하얀 도로를 달렸다. 20분쯤 달렸을 때, 기사 동료 아저씨가 외딴 시골집 앞에서 내렸고 또 20분쯤 달려 스테판츠민다 마을에 도착했다.

"너, 호텔."

"가는 길 알려드릴게요."

아저씨는 어두운 밤에 내가 길을 잃을까 걱정됐는지 숙소 바로 앞까지 데려다주었다. 택시가 아니라 단체로 탑승하는 미니밴이라 이건 분명 서비스다. 거기다 계산할 때, 동전을 탈탈 털어보았지만 딱 3라리가 부족했다. 그러자 그가 잔돈이 없다며 그냥 37라리만 주고 가라고 했다. 적지 않은 감동을 받았다.

숙소는 칠흑 같은 어둠으로 뒤덮였다. 울타리 문을 열고 공터로 들어갔다. 주인집으로 보이는 2층 건물에 희미한 조명이 켜져 있었고, 경사면 위에 컨테이너를 개조해서 만든 펜션 두 채가 보였다. 워낙 어두워서 그밖에 멀리 있는 것들은 보이지 않았다.

날이 추워 몸을 웅크린 채 앉아 펜션 주인을 기다렸다. 이윽고 키가 2m는 될 정도로 큰 남자가 내 쪽으로 걸어왔다. 길 건너편 레스토랑 불빛에 의해 그의 실루엣이 보였을 때, 꽤 공포스러웠다. 로알드 달의 소설 〈내 친구 꼬마 거인〉에 나오는 거인이 떠올랐다. 그가 금방이라도 주머니에서 쿵쿵 오이를 꺼내 우적우적 먹을 듯했다. 가까이 오자 그의 얼굴이 드러났다. 코가 찰흙으로 빚어서 붙인 거 아닌가 싶을 정도로 컸다.

"……."

그가 손짓으로 컨테이너 숙소를 가리켰다. 그러더니 조지아어로 말하기 시작했다. 내가 영어로 되물어도 소용없었다. 그는 낮은 목소리로 아주 천천히 말했다. 근데 희한한 건, 뭐라는지 대충 알아듣겠다는 거다.

"여기 불 켜는 스위치가 있고… 저기에 보면 와이파이 비밀번호… 보일러는…"

이건 내가 초월 번역한 것인데, 아마 맞을 거다. 숙소 불을 켜고 밝은 데서 그의 얼굴을 다시 봤다. 정말 기묘하리만큼 코가 컸다. 실시간으로 자라는 중인지 궁금했다. 조목조목

따져 보면 눈도 크고 귀도 컸지만, 코가 압승이다. 그게 너무 인상적이어서 이 숙소의 첫인상을 묻는다면 자연스레 큰 코가 떠오른다.

이곳의 밤은 너무 어두웠다. 도처에 사람이 있는 도시에서 자는 것과 차원이 달랐다. 실로 오랜만에 느끼는 완벽한 어둠과 온전한 고요. 아, 외롭구나. 이불 속에서 몸을 웅크렸다. 하루 종일 데미지가 쌓인 허리에서 은근한 통증이 느껴졌다. 오늘 이동한 거리를 헤아리며 잠에 들었다.

아침에 눈을 뜨자마자 침대에서 벌떡 일어났다. 미적거릴 틈이 없었다. 어젯밤, 어두워서 이 주변을 못 봤기 때문에 숙소 뷰가 어떤지 궁금했다. 나는 비틀거리며 걸어가 통유리 대문에 쳐 두었던 흰 커튼을 걷었다. 하얀 설산이 눈앞에 펼쳐졌다. 홀린 듯 밖으로 나갔다.

숨이 턱 막혔다.

5초 동안은 숨 쉬는 법을 잊을 정도로 그 풍경에 압도당했다. 이런 게 내 앞에 있었어? 그런 생각만 들었다. 카즈베기 산은 우직한 어깨로 마을을 감싼 채 기개를 떨치고 있었다. 자욱하게 피어오른 흰 구름이 능선 위에서 알랑거렸다. 컵케익 위에 뿌린 슈거 파우더처럼 하얀 눈이 살포시 내려앉아 굴곡진 산의 혈관이 제대로 보였다. 얼마나 가까이 보이는지 그 산줄기를 보고 세밀화를 그릴 수 있을 정도였다. 아아, 지금도 그때 그 충격이 가시지 않았다. 이 문장을 쓰는 순간순간 저릿한 감정이 되살아나 가슴이 뛴다. 돌이켜 보면 그날 도로에 갇혔다가 밤에 도착한 게 그 짧은 5초를 위해 놓인 포석 같다.

아침을 먹고 본격적으로 마을 탐방에 나섰다. 숙소 앞 작은 공터에 버려진 버스가 있었다. 색이 바랜 빨간 버스는 얼마나 오랫동안 여기에 있었는지 가늠이 안 갈 정도로 만신창이였다. 나는 왠지 쉽게 지나칠 수 없어서 그 버스를 유심히 봤다. 그렇다. 이렇게 '제대로' 버려진 버스는 처음 봤다. 유리창이 이리저리 깨졌고, 먼지가 두껍게 쌓였다. 게다가 온 사방에 락카 스프레이로 낙서를 해놨다. 버스 옆을 힐끔 보니 문이 열려 있었지만 들어가 볼 용기가 없어 지나쳤다.

스테판츠민다 마을에는 오스트리아 소도시나 스위스 산골 마을처럼 동화 같은 집이 없다. '내 몸 하나 누울 공간이면 충분해'라는 생각으로 지은 듯한 판잣집이나 돌담을 쌓아둔 벽돌집, 달동네에서 볼 수 있는 컨테이너 집이 모여 있다. 색감도 전체적으로 칙칙하다. 골목 사이사이 젖소나 양, 염소, 나귀, 들개가 돌아다닌다. 동물이 이렇게 많으니, 길에는 각기 다른 모양의 똥이 쌓여 있다.

이튿날 아침, 이상한 꿈을 꿨다. 나는 여행 중 꿈을 많이 꾸는 편인데, 보통 '최근 가장 두려워하는 것'이 나오곤 한다. 카즈베기에서 꾼 꿈에는 어린 남자아이들이 나왔다. 그들은 내 숙소 주변을 맴돌다가 돌을 던졌다. 유리창이 깨지고 문이 열렸다. 그리고 내 침대 쪽으로 와 나에게 나가라고 소리쳤다. 카랑카랑한 어린아이의 목소리가 귀를 찢는 듯했다. 나는 목소리가 나오지 않아서 입만 뻐끔대다 잠에서 깼다. 아무래도 내가 지금 있는 이곳이 안전하지 않다고 생각하는 듯하다. 그도 그럴 것이, 열쇠가 말을 듣지 않아 며칠째 문을 잠그지 못했다. 앞마당에서 과격한 놀이를 하는 빅노즈 사장님 아이들도 신경 쓰이는 모양이다. 곧 한국으로 돌아가면 이 불안정한 악몽도 끝이다. 이제 정말 얼마 남지 않았다.

나는 숙소 밖으로 나왔다. 스테판츠민다 마을에 온 둘째 날 봤던 버려진 버스를 보러 가기 위함이었다. 이상하게 그 버스가 자꾸 신경 쓰였다. 그 앞을 지나갈 때마다 버스가 보이지 않을 때까지 뚫어져라 쳐다봤다. 그러면서 한 번도 버스 안에 들어가 본 적이 없다. 그래서 마지막 날인 오늘 마음먹었다. 그 버스 안에 들어가 보기로.

버스로 다가갔다. 푹신한 흙바닥 위 덩그러니 버려진 빨간 버스. 다시 봐도 기묘했다. 버스는 후미가 도로 쪽에 있고 운전석이 숲속을 향해 있어서 만약 시동을 걸고 달린다면 나무를 들이받는 방향으로 있었다. 열린 옆문으로 조심스레 들어갔다. 정면으로 겨자색 벨벳 소파가 보였다. 흙먼지를 가득 머금고 있어 건드리면 안 될 듯했다. 차창에는 잉크가 다 빠져서 푸르게 바랜 대형 포스터가 펜스에 끼워져 있었다. 그나마 알아볼 수 있는 글자는 Free WiFi나 Camping, Bar, Bonfire 정도. 펜션 홍보 포스터 같은데 마치 30년 전 운영되다가 어느 미친 사이코패스 살인마가 그곳에서 연쇄 살인을 저지르는 바람에 폐업한 것 같은 느낌이 들었다.

버스 안은 철판 바닥으로 되어 있어 내가 걸을 때마다 둥둥, 하고 울리는 소리가 들렸다. 바닥에 유리 조각이나 낙엽, 나무토막, 음료수 캔 따위가 널브러져 있었다. 버스 왼편에 회색 헤링본 시트로 된 좌석이 그대로 있었다. 고치고 개조하면 고속버스로 쓸 수 있을 정도로 내부가 넓었다. 운전석 쪽으로는 좌측 벽에 3단 철제 선반이 달려 있었다. 두 번째 칸에 장미꽃이 그려진 상아색 주전자가 있었다. 물을 가득 넣고 끓이면 딱 커피 두 잔이 나올 정도의 크기다. 여기서 생활했던 사람이 있었나. 뭔가 알아내려 들어왔건만 궁금증만 쌓여갔다.

버스 안에 있는 동안 내가 느낀 감정은 '공포'였다. 유리창 때문이었다. 밖에서 볼 땐 내가 던지는 입장이라 그런지 깨진 유리창이 폭력적으로 보이지 않았다. 그러나 '안에 들어와서' 보는 것은 달랐다. 깨진 모양에서 누군가의 분노가 느껴졌다. 이 안에 누군가가 있었다면 저 유리창이 깨지는 순간 얼마나 두려웠을까. 나는 우두커니 서서 그 순간을 그려보다가 도망치듯 밖으로 나갔다. 꿈에서 아이들이 유리문에 돌을 던져 깨트렸을 때처럼 심장이 쾅쾅 뛰었다.

마을 한구석에 버려진 버스가 왜 내 마음을 흔들었는지 알 수 없는 일이다. 그 이상한 버스는 오랫동안 마음에 남아 아주 묵직한 엔진소리를 냈다. 내게 버려진 버스는 무슨 의미일까. 외로울 때 더 생각나는 이유는 뭘까. 누구나 마음 한구석에 버려진 버스 하나쯤은 있지 않을까. 그 공간은 깨진 유리창 사이로 증식해서 여러 갈래로 뻗어져 나갔다. 지금도 그 버스는 의미를 찾기 위해 버려져 있다.

버스에 다녀온 뒤로 마음이 복잡 미묘했다. 돌아와 거울을 보니 내 눈동자가 텅 비어 있었다. 유감이지만 이럴 땐 수정체에 알코올을 주입해야 한다. 주방에 있던 원형 철제 테이블과 라탄 에그 체어를 숙소 앞 덱으로 옮겼다. 옷 위에 그 냄새 나는 가운을 걸쳤다. 어쩐지 가운을 입어야 할 것 같은 분위기여서 코가 마비될 때까지 냄새를 견뎠다.

살라미와 카즈베기산을 안주 삼아 조지아 산 레드와인을 마셨다. 묵직하고 깊은 향과 떫은맛이 느껴졌다. 과연 와인 종주국답다. 어느 노파가 집에서 직접 담근 것처럼 진했다. 스테판츠민다 마을에 온 이후 오늘이 가장 맑았다. 늘 구름이 산을 반쯤 가린 채 어슬렁거렸는데, 처음으로 꼭대기 봉

우리까지 다 보였다. 비현실적으로 아름다웠다.

이렇게 아름다운데 나는 혼자다.

와인을 더 마셨다. 툭 터놓고 묻자. 그래서 너는 혼자 여행하는 게 정말로 좋아? 사랑하는 사람이나 친한 친구와 함께 여행하는 사람들을 보면 부럽지 않냐고. 문득 그런 생각이 들었다. 사람은 누구나 외롭다고 자신을 두둔하며 살라미를 먹었다. 구름이 시시각각 변하는 것을 관찰했다. 뚫어져라 보고 있으면 움직이고 있는 건지 아닌지 헷갈린다. 다른 곳을 보다가 다시 봐야 움직이고 있다는 것을 알 수 있다. 푸른 하늘이 보였다가 구름이 스르륵 내려왔다가 걷혔다가 덮였다가… 해가 지면서 산 위에 있던 안개가 헌걸차게 내려오고 저 멀리 모여 있는 집에 하나둘씩 불이 들어왔다.

나는 어두워져서 산이 보이지 않을 때까지 그 풍경을 응시했다. 그러다 보니 어느샌가 깊은 공상에 빠져들었다. 이곳에는 설산과 레드와인, 옛 음악, 그리고 나밖에 없다. 어쩐지 행복했다. 이건 분명 내가 아는 그 외로움이 맞는데 풍경과 와인에 뒤섞여 감미로워졌다. 외로움이 이토록 감미롭다니? 믿을 수 없었다. 지금, 이 순간만큼은 인스타그램도, 누군가의 연락도, 정신을 위탁할 영화나 드라마도 생각나지 않았다. 혼자이기에 행복한 밤은 정글 숲을 헤치고 들어가야만 얻을 수 있는 희귀한 과일과 같다. 이 다디단 과육을 맛보기 위해 겪은 모든 여정이 주마등처럼 스쳐 지나갔다.

혼자 배낭여행을 하는 동안 외로움과 싸우는 중이라 생각했다. 하지만 정면으로 마주 보고 주먹다짐을 한 게 아니었다. 마치 희귀한 동물 사진을 찍기 위해 탐험하는 내셔널 지오그래픽 사진작가처럼 외로움을 쫓아다니며 연구한 것에 더 가깝다는 걸 이제야 깨달았다. 이건 내 외로움에 대한 고찰이다.

만약 내 외로움이 사람이라면, 어떤 사람일까? 남자일까, 여자일까. 이분법적으로 나눌 수 없는 또 다른 존재일까. 말이 많은 편일까 적은 편일까. 휘어잡을수록 강해지고, 쫓아가면 달아나고. 그럭저럭 살만할 땐 공기 중에 분포된 기체 상태였다가 필사적으로 그놈을 피하고 싶어지면 강한 육체를 갖고 와 나를 짓누르고. 새벽에 글 쓰는 걸 도와주러 올 때 매력적으로 사근대면서, 내가 무너졌을 때는 누구보다 무서운 얼굴로 밤새 내 목을 조르고. 찬란한 순간에는 흔적도 없이 사라지는데 그게 또 음영이 없는 그림처럼 밋밋해보여서 또다시 찾게 되고.

모든 인간은 살면서 평생 해소해야 하는 총량의 외로움이 있는 것 같다. 그래도 전처럼 두렵지는 않다. 이 정도로 알고 있다면, 그래도 벗 삼아 와인 한 잔 할 수 있지 않을까 해서.

짐을 챙기고 떠날 채비를 마쳤다. 마지막으로 카즈베기산을 보며 작별 인사를 했다. 돌아가는 길엔 돈도 아낄 겸 시간

마다 단체로 이동하는 조지아 버스인 마슈로카를 탈 생각이라 정류장 근처를 서성이는데, 낯익은 얼굴이 보였다. 첫날 나를 태워다 준 미니밴 기사다.

"오! 저 아저씨 알아요…! 맞죠? 아직 여기 있었네요?"

기사는 피우던 담배를 들고 너털웃음을 지으며 손을 흔들었다. 그러더니 "트빌리시. 트빌리시."라며 함께 돌아가자고 나를 꼬드겼다. 나는 아저씨의 성화에 못 이겨 그만 가방을 내어주었다. 그의 얼굴에서 투박하고도 깊은 정을 느꼈기 때문이다. 낡은 미니밴을 타고 달렸다. 설경을 지나 밀밭을 지나 회색 도시를 향해.

조지아는 도로 사정이 안 좋다. 이놈의 도로는 보수공사를 안 하는지 잔뜩 부서져서 울퉁불퉁하다. 나는 미니밴 안에서 통통 튀어 올랐다. 그 기억이, 그 느낌이 오랫동안 내 몸에 남아있었다. 어디서든 차를 타고 가다 보면 도로가 말을 걸어온다. 손끝으로 점자를 읽듯 온몸의 감각으로 듣는다. 도로에 난 홈 하나하나에 글자가 새겨져 있다. 조지아는 코가 크고 수염이 덥수룩한 남자 목소리 같다. 뭐라고 하는지 알아들을 수는 없어도 커다란 몸짓과 함께 천천히 말해서 결국 고개를 끄덕이게 되는 목소리. 울퉁불퉁한 도로를 달릴 때 그 목소리가 들린다.

그럼, 언제든 조지아의 겨울로 돌아갈 수 있다.

좋은 숙소, 나쁜 숙소

다 사람 사는 곳이지만.

이번 주제는 숙소다. 내가 그동안 가봤던 숙소 중에 최악이었던 곳과 최고였던 곳을 뽑아보겠다. 그것만 하면 소득이 없으니까 좋은 숙소 잡는 팁도 좀 얹어 드릴게.

먼저 최고의 숙소!

산토리니에 있는 'Morning Star Traditional Houses'다. 알다시피 산토리니까지 가는 여정이 정말 정말 힘들었다. 귀하게 얻은 하루라서 호텔을 택했다. 내 여행 통틀어 가장 비싼 1박이었다. 일출이 보이는 테라스가 딸린 그리스식 호텔. 산토리니 이아마을과 꽤 멀었지만, 나름 조용하고 고즈넉했다. 가장 좋았던 점은 역시 테라스다. 호텔에는 주스, 포도, 빵, 과자 등 먹을거리가 많았다. 나는 커피를 끓이고 먹을 것을 챙겨 테라스로 나가 일출을 보며 조식을 먹었다. 정말 행복했다.

이제 최악의 숙소다. 상세한 정보는 언급하지 않을 것이다. 나는 배달의 민족 리뷰를 쓸 때도 '사장님만 보이게' 쓰는 편이라…

보스니아헤르체고비나에서 모텔에 갔다. 입구에서부터 지하 던전의 향기가 났다. 지구가 멸망한 뒤 50년이 지난 시점, 살아남은 마지막 인류가 모여 사는 촌락 마을회관 같았다. 방 구조가 특이했다. 문을 열고 들어가면 짧은 복도가 보이고 그 끝에 화장실이 딸려있다. 반 층 계단을 올라가면 침대가 있는 방이 나온다. 속이 울렁거릴 정도로 퇴폐적인 느낌이 들었다. 방만 뚝 떼어놓고 보면 목장에 딸린 농막 같았다. 흰개미가 여기를 장악하면 하루만에 무너질 듯했다.

음, 여기까지는 최악의 숙소라고 뽑힐 정도는 아니다. 두 가지 사건이 있었다.

삐걱거리는 침대에 누워 핸드폰을 보고 있었다(와이파이는 잘 터졌던 걸로 기억). 그런데 내 팔에 뭔가가 스멀스멀 기어갔다. 뭔가하고 손으로 내리쳐 잡았다. 피가 찍 나왔다. 자세히 보니 배드버그였다.

충격.

내 몸을 대놓고 기어다니는 건 정말 드문 일이다. 그 길로 당장 주인장에게 찾아가 배드버그를 발견했다며 방을 옮겨 달라고 했다. 다행히 물리지 않았지만 짐을 다 세탁하느라 진땀을 뺐다.

두 번째는 다른 투숙객과 부딪친 사건.

첫날부터 내 방문 앞 로비 소파에 앉아 담배를 피워대는 아저씨 무리가 있었다. 담배를 무슨 산소호흡기 정도로 생각하는지 5분에 한 대씩 피웠다. 처음에는 '저 사람은 분명 오래 못 살 거야 더 많이 피워대라지'라고 생각했다. 그런데 그 정도가 심해지자, 복도는 물론 방 안까지 담배 연기로 자욱했다. 게다가 그들은 쉴 새 없이 떠들었다. 한두 시간이면 참겠는데 3시간 동안 왁자지껄 파티를 여셨다. 새벽 1시쯤 이건 아니다 싶어 잠을 자고 싶으니 제발 조용히 하라고 했다. 그들은 아랑곳하지 않았다. 다시 한번 경고를 날리고 새벽 2시가 다 되어서야 떠드는 소리가 멎었다. 그 짓거리를 3일 내내 당했다! 정말 최악의 숙소였다.

마지막으로 좋은 숙소를 고르는 팁.

당신이 배낭여행자라면 위치가 가장 중요하다. 구글맵이나 숙소 예약 플랫폼에서 주요 관광지와 '가장 가까운 곳' 중에 예산에 맞는 숙소를 골라라. 돈을 아끼겠다며 외곽에 있는 숙소를 구했다가 교통비가 더 나오는 경우가 태반이다.

그다음은 위생. 이 부분에서 깨끗한 숙소를 알아보는 지표는 역시 한국인 리뷰가 많으면 된다. 그리고, 나라마다 숙소가 저렴한 예약 플랫폼이 다 다르기 때문에 하나만 사용하기보다는 검색 해보고 구하는 것을 추천한다.

마지막으로 만약 당신이 호스텔에 묵는다면, 그 이점을 적극 활용해야 한다. 호스텔 리셉션에 앉아 있는 사람은 꽤 많은 정보를 알고 있다. 숨겨진 관광지라든지 이 지역 최고의 맛집이라든지, 최대한 귀찮게 굴며 많은 것을 물어본다면 더 다채로운 여행을 할 수 있다. 아무쪼록 좋은 숙소를 구해 편안한 여행이 되길 바란다.

여행이 끝났습니다.

이제 우리는 각자의 집으로 돌아갑니다. 무거워진 배낭을 메고 귀국길에 오릅니다. 시원섭섭한 눈길로 멀어지는 땅을 바라봅니다. 인천대교를 건널 때, 저는 제 자신이 얼마나 많이 달라졌나 헤아려봅니다. 그 변화가 아주 사소한 것이라도 괜찮습니다.

루마니아에서 마신 위스키가 맛있어서 독한 술이 좀 더 좋아졌어. 보스니아 호텔에서 복도에서 떠들던 아저씨한테 한마디 한 뒤로 대담해진 것 같아. 체코로 가는 야간버스에서 폐소공포증이 더 심해졌어. 독일에서 사귄 친구 덕분에 영어 실력이 늘었어.

저에게 나타난 변화를 알아채는 게 재밌습니다. 낯선 풍경에 녹아드는 순간이 쌓일수록 취향이 세밀해지고, 마음이 견고해지고, 내가 조금 더 좋아집니다.

사실 이 여행기를 쓰는 일은 쉽지 않았습니다. 저는 저의 상처를 말하지 않는 게 더 강한 태도라 생각했습니다. 그것을 누군가에게 넌지시 흘려 보내는 행위 자체가 '내 상처를 너에게 털어놓았으니 나를 더 특별하게 대하도록 해.'라는 오만한 마음이 섞여 있다고 치부했습니다. 그래서 남의 상처를 듣는 일도, 내 상처를 드러내는 일도 다 싫었습니다. 그렇게 살다보니 뭐든 다 싫어지더라고요. 닫힌 마음에서 스멀스멀 새어나오는 곰팡내가 나를 휘감았습니다. 습관처럼 아무렇지 않은 척 하며 그 냄새를 숨기기 급급한 청춘을 보냈습니다.

그래서 세상 밖에 제 이야기를 내놓기로 했습니다. 글을 쓰는 과정은 핀셋으로 도마뱀의 탈피를 돕듯 상처를 덮고 있던 허물을 한꺼풀 한꺼풀 벗겨내는 일이었습니다. 그래서 초반에 쓴 글은 다 허물 뿐이었어요. 여러 번 버리고 버리고 알맹이 비슷한 걸 발견할 때마다 털어놓았습니다. 이 모든 여정을 도와주신 부모님과 행복우물 출판사의 최연 편집장님에게 감사하다는 말을 전하고 싶습니다.

즐거웠습니다. 저와 여행을 함께해주셔서 감사합니다. 덕분에 외로웠던 여행이 외롭지 않아졌습니다. 다음에는 또 어디를 가볼까요? 계획을 세워 봅시다.

그때까지,
안녕, 여러분.

publisher   instagram

아무렇지 않은 척 전문가

초판 발행 2026년 3월 12일 **2쇄발행** 2026년 3월 26일

지은이 정예인

펴낸이 최대석 **펴낸곳** 행복우물 **출판등록** 307-2007-14호

등록일 2006년 10월 27일

주소 서울특별시 종로구 종로1길 50 더케이트윈타워 B동 위워크 2층

전화 031-581-0491

전자우편 book@happypress.co.kr

정가 16,800원   **ISBN** 979-11-94192-63-3(03810)